グッバイ・イエロー・ブリック・ロード

東京バンドワゴン

小路幸也

集英社文庫

目次

登場人物相関図

ニュー・スコットランドヤード

ジュン・ヤマノウエ
〈美術骨董盗難特捜班〉所属の事務官。

ロイド・フォスター
〈美術骨董盗難特捜班〉班長の警部補。

仕事仲間

クレイグ・イーデン
美術品輸送専門ドライバー。

ハリー・コール
画家。修復士。

キース
世界的に有名なロックミュージシャン。我南人の友人。

モンゴメリー家

ウェス
音楽好き。

メアリー
心臓の病を抱えている。

ミッキー
モンゴメリー家の犬。ダルメシアン。

幼馴染み

ケネス・カーライル
ギャラリー経営者で、弁護士。

〈TOKYO BANDWAGON〉

研人（ボーカル・ギター担当）が率いるバンド。

甘利《あまり》 大《だい》（ドラム担当）
渡辺三蔵《わたなべさんぞう》（ベース担当）

堀田家
〈東京バンドワゴン〉

堀田勘一（かんいち）
明治から続く古本屋〈東京バンドワゴン〉の3代目店主。

（サチ）
良妻賢母で堀田家を支えてきたが、11年前に76歳で他界。

我南人（がなと）
伝説のロッカーは今も健在。いつもふらふらしている。

（秋実）（あきみ）
太陽のような中心的存在だったが、14年前に他界。

池沢百合枝（いけざわゆりえ）
日本を代表する大女優。青の産みの親。

青（あお）
我南人の次男で、長身美男子。古本屋を支える。

すずみ
肝の据わった、古本屋の看板娘。

亜美（あみ）
才色兼備な元キャビンアテンダント。

紺（こん）
元大学講師。現在は著述家。

藍子（あいこ）
画家。おっとりした美人。

マードック
日本大好きイギリス人画家。

鈴花（すずか）
おっとりした性格。

かんな
いとこの鈴花と同じ日に生まれる。

研人（けんと）
高校を卒業したてのミュージシャン。

花陽（かよ）
医者を目指す大学3年生。

芽莉依（めりい）
研人とは幼馴染み。

玉三郎・ノラ・ポコ・ベンジャミン（たまさぶろう）
堀田家の猫たち。

アキ・サチ
堀田家の犬たち。

仕事仲間

常連客

藤島直也（ふじしまなおや）
IT企業（FJ）の社長。無類の古書好き。

木島（きじま）
記者でライター。我南人のファン。

ブックデザイン　鈴木成一デザイン室

グッバイ・イエロー・ブリック・ロード

東京バンドワゴン

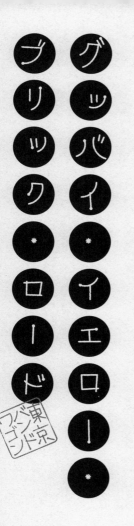

Prologue 1 A Certain Place in England
(イギリスのとある場所)

ここにこんな地下室があったとは知らなかった。

『オレもつい最近知った』

『店主は何に使ってるんだ。ヤバいものでも隠しているんじゃないだろうな』

階段を下りながら笑った。

『そんなところにお前を連れて来ない』

電灯で明るく照らされている中は、かなり広い。

奥の壁際にビリヤード台が一台あるが、余裕で二台置ける広さだし、上の店と違って壁は白く塗られていて清潔感もある。

地下によくあるすえた臭いもしないから、案外換気のいい快適な地下室なのかもしれない。

『ビリヤードなんかもう二十年もしていないな』

『オレもだ』

そういえばこいつは上手《うま》かったな、と、ビリヤード台をまた見たときに気づいた。

緑色のラシャの上に、不自然なもの。

『あれか?』

『そうだ』

見てほしいものがあると言われて来た。

そのものの様子に、少し動悸《どうき》を感じながら急いで歩いた。

『こいつは』

電灯に照らされた、木枠から外された油絵が一枚。

記憶を辿《たど》ろうとした一瞬前に、その名が頭の中に浮かんできた。

『お前なら、わかるだろ?』

『サン・ターンの〈青の貴婦人〉か! 確か、十何年か前に〈スチュワート美術館〉で展示中に盗まれたものだ』

『そうだ』

ひどい。元の状態がどんなものかは正確にはわからないが、どう見てもひどい状態だ。

いったいどこでどうやって保管されていたんだ。

少なくともここじゃないだろう。ここは、気温も湿度も快適そのものだ。しかも陽《ひ》が入らない。絵画にとっては最高の保管場所だ。

ここにあったものじゃない。

『どこで手に入れたんだ。それともお前が？』

『オレじゃない。そもそもこいつが盗まれたのは十二年前だ。忘れたか？　その頃オレは服役中だよ。塀の中で訊《き》かれたよ。お前の仲間の仕業かって』

『あぁ』

そうだった。覚えている。

あのときには俺も一瞬そう思って、しかしあいつは塀の中か、と確かめたんだ。

『それにしても』

泣けてくるぐらいに傷んでいる。

これはたぶん、運ぶときか隠すときに絵を内側に丸めたんだろう。あちこちにたぶんそうやってできた不自然な剝離やひび割れがある。

『これを盗んだのは本当に素人だったんだな』

カンバスを丸めるのなら、せめて絵を外側に、だ。その方が油絵の具が剝離する可能性は格段に減ると聞く。

『そうじゃなきゃこんなにならないな』

『保管も、どうすればいいかを知らなかったんだろう』

湿気によるカビか、あるいは何かの埃《ほこり》なのか、画面全体が煤《すす》けた印象になっているのは、被膜のように汚れが付いてしまっているからだ。

こうなると、本当に優秀な修復士でなければ手が付けられない。下手な連中が手を出すと、文字通り絵が死んでしまう。

『大方、首尾よく盗んだはいいが、どうやって売ればいいかなんて知らなかったんだろうな。どこにも渡りを付けられなくて、交渉人や代理人を見つけることもできずに見放されて、手に余って隠しているうちに、持ち主が死んじまったんだ』

『死んだ？』

そうだ、と頷《うなず》いた。

『その盗んだ奴《やつ》がか？』

『そいつが盗んだかどうかはさっぱりわからんが、この絵が最後にあった部屋の住人は死んでいた』

まさか。

『殺したとは言わないよな』

『当たり前だ。病死だったと聞いたがまぁ案外ヤクの類《たぐい》かもしれん。誓ってオレは何もしていないし、そもそもそいつが誰だかも知らない』

そこは信用できる。人を殺せるような男じゃない。

『そして、その男の部屋にこれがあったのを知っているのは、たぶん他に誰もいない』

『どうやって手に入れた』

『偶然だ。その男の部屋で、別の探し物をしていたんだ』

『仕事で、だな』

『そうだ』

探し物をする仕事もしている。頼まれる探し物はおおよそ盗品の骨董《こっとう》の類だろうが、そこはいい。犯罪ギリギリだが、見つからない品物を頼まれて探すだけなんだから、探偵とそう変わりはしない一応は真っ当な仕事だ。

『すると、壁に掛かっていた、どうでもよさそうな素人の絵の額におかしなところがあってな』

『何だ』

『厚みとバランスさ。違和感があった。不自然だったんだ。その場で取り外してバラしたら中からこいつが出てきた』

そういうことか。

『絵画に精通しているお前じゃなきゃ気づかなかったってことか』

『実際その部屋は三人が交替で探したんだ。何かは言えないがよっぽど大事だったんだろう。だが、こいつを見つけたのはオレ以外がもう諦めて出て行った後だった。オレが最後まで部屋を探した人間だったのさ。それでまんまとこいつを誰にも知られずに持ってこられた。そもそもこんなものがあるなんて誰も知らなかったんだろう』

『何故《なぜ》わかる。ひょっとしたら他にも知っている人間がいたんじゃないか？』

　肩を竦《すく》めて見せた。

『見つけてからもう三ヶ月経《た》っているが、この通りオレは無事だ。そしてその部屋はもうとっくに改装されて別の人間が住んでいる。そもそも〈青の貴婦人〉は十二年間、どこにあるのか噂《うわさ》一つ上がってこなかっただろう』

『確かにな』

　そういうことになるのか。

　確認しなきゃならないが、確か単独犯じゃないかという結論になっていたはずだ。だから余計に捜査は進まなかった。複数犯であれば、仲間割れや周囲の人間から跡を手繰れたり、噂が上がったりする可能性も増えたんだろうが、そういうこともまったくなかったはずだ。

　その死んだ男が一人でやったのか。それならどこにも渡りを付けられず放置せざるを得なかったのも頷ける。

『で、その辺は隠して、発見した経緯を適当にでっちあげて、これをこのまま〈スチュワート美術館〉に返却してくれっていう話なのか？』

少し唇を歪《ゆが》めてから、首を軽く横に振った。

『もちろん返すのはいい。それは当たり前なんだが、これを見ろ』

薄いビジネスバッグから取り出したのは、茶色い紙のバインダー。

『これは？』

『この〈青の貴婦人〉のコンディション・レポート。〈スチュワート美術館〉の主任キュレーターが作成した本物だ。むろんコピーだがな』

コンディション・レポート。絵を貸し出すときにその状態を正確に、精細に記録した、いわば絵のカルテ。

これがなけりゃあ、修復は上手くいかない。

『写真もか？』

修復するつもりだと言うなら、その二つが揃《そろ》わなきゃどうしようもない。

『モノクロもカラーも、この中にある』

『あるのか』

『入手先は保険シンジケートに雇われた保険損害査定人だ。当時のな。もちろんそこからオレがこれらを手に入れたことが漏れることは絶対に、ない。入手方法も真っ当なものだ。正真正銘、どう使っても安全な資料ってことだ』

じっと、俺の眼《め》を見た。

『何が言いたい』

『これがあれば、絵をほぼ元の状態に戻すことができるだろう。戻せれば、オレたちの救いの神に、いや貴婦人だから女神か、それになってくれるんじゃないかっていう話だ』

溜息《ためいき》が出た。

確かに、そうだ。

『〈青の貴婦人〉か』

その青い瞳が、俺を見つめていた。

プロローグその二　東京の堀田家

三月も終わりに近づいた堀田《ほった》家の朝です。

今日の朝ご飯は、白いご飯に大根とお揚げのおみおつけ、じゃがいものスライスを卵でとじたスパニッシュオムレツもどきと、厚切りハムを焼いたもの。春キャベツとリンゴと胡桃《くるみ》のサラダ、真っ黒な胡麻《ごま》豆腐に、梅干しに焼海苔《やきのり》。おこうこは大根と柚子《ゆず》の甘酢漬。肉じゃがは昨夜の残りを温めたもので、早い者勝ちですね。

「アマリーとナベもきたよー！」

「いたよー」

かんなちゃんと鈴花《すずか》ちゃんが、甘利《あまり》くんと渡辺《わたなべ》くんの手をそれぞれ引いて、〈藤島《ふじしま》ハウス〉から研人《けんと》と一緒に戻ってきました。二人とも、甘利くんのことはアマリー、渡辺くんのことはナベと呼ぶのですよね。

研人のバンド〈TOKYO BANDWAGON〉の甘利くんと渡辺くん、昨晩は研人の部屋であれこれついつい遅くまでやっていたので泊まっていったのですよね。我が家での朝ご飯は久しぶりだと二人とも喜んでいます。

上座に勘一《かんいち》、その向かいに我南人《がなと》。紺《こん》と青《あお》と研人に芽莉依《めりい》ちゃん、甘利くんに渡辺くん。向かいに亜美《あみ》さんにすずみさん、花陽《かよ》に美登里《みどり》さん。かんなちゃんは勘一の隣、鈴花ちゃんは我南人の隣と、今日は分かれて座りましたね。藤島さんは今朝はいません。

皆が揃ったところで「いただきます」です。

「レコーディング!?」

研人がハムをお箸で持ち上げながら素っ頓狂な声を上げました。

「そおぅ」

にっこり微笑《ほほえ》んだ我南人がおみおつけを飲んでから頷きます。

「ロンドンで!?」

甘利くんが焼海苔の袋を開けながら、丸い眼をさらに丸くして言います。

「ロンドンでぇ!」

鈴花ちゃんが真似《まね》して何故か嬉《うれ》しそうに叫びます。

「そうだねぇ、ロンドン郊外のウェンブリーってとこだよぉ」

「キースのところで!?」

渡辺くんが、思わず正座して我南人に言いました。

「キースのところでぇ！」

今度はかんなちゃんがお箸を摑《つか》んだ手を上げて叫びました。お行儀が悪いですよ。

「そうだよぉお。キースのプライベートスタジオでねぇ。僕も行ったことあって知ってるけど最高のところだよぉ。もちろん、プレゼントなんだから使用料はなしでぇ」

イギリスに住んでいる、我南人の友人で世界的ミュージシャンのキースさんから昨夜電話があったんだとか。

「今ぁ〈TOKYO BANDWAGON〉がフルアルバム作っててぇ、曲はほとんど出来上がったって話をしたらねぇ、ちょうど空いているから、卒業祝いとそれから結婚祝いでぇ、好きに使って思う存分アルバム作りをやっていいよってさぁ」

「すげぇ！」

「あ、もちろんエンジニアたちのギャラも向こう持ちだってさぁ。いい連中揃えてくれるよぉ」

「最高！」

本当にもう大喜びの研人たちです。

海外でのレコーディングは我南人も何度かやっています。確か、ロンドンとロスでしたか。

「親父《おやじ》たちも三回ぐらいそこでレコーディングしてるよね？　最初は三枚目のアルバム

だっけ」

紺が言います。よく覚えていますね。

「そうだったねぇえ。今となっては懐かしいよぉ」

わたしたち素人にはわかりませんが、使う機材は同じようなものであったとしても、やはり音が違うと言いますよね。

「会話だけなら、もう英語で大丈夫だもんな三人とも」

青です。

「イケる」

研人も甘利くんも渡辺くんも、世界で通用する音楽をやるためにと、英語は、英会話だけはしっかりと勉強していました。日常会話には不自由しないはずですし、渡辺くんは英語で作詞もしています。ようちにある英語の原書の小説や童話などを持っていって勉強していましたよね。

「ありがてぇ話だけどよ、そんなに甘えちまっていいのか？　キースには何だか世話になりっぱなしじゃねぇか」

勘一がにこにこしながらも、ちょっと考えて言います。

「いいよぉ、キースも研人たちのバンドが好きなんだよぉ」

「でも、滞在費まで甘えるわけにもいきませんよね。三、四日でできるものじゃないし、最低でも二、三週間、一ヶ月ぐらいは必要でしょう？」

亜美さんです。

「それぐらいのお金は全然なんとかなるけど、でも泊まるのはマードックさんのところでいいじゃん！　イギリスには前にも行ってるし、いつでも遊びに来てってウェスじいちゃんにメアリーばあちゃんも言ってるんだし」

そうですね。以前花陽と研人は夏休みにマードックさんの前のご実家に遊びに行ったことがあります。

あれは、宝くじに当たったウェスさんが、孫を呼びたいと二人分の航空券を送ってくれたのでしたよね。あの後でしたね、今のオックスフォードに引っ越したのは。

ウェスさんとメアリーさん。マードックさんのお父さんとお母さんです。花陽にとっては文字通り義理の祖父母になりますが、研人やかんなちゃん、鈴花ちゃんのことも皆本当の孫のように可愛《かわい》がってくれていますよ。

「藍《あい》ちゃんだっているんだしさ！」

うーん、と紺も亜美さんも唸《うな》ります。

もう高校を卒業してプロのミュージシャンとして一人前になっている研人たちですけれど、まだ卒業したばかりの未成年でもありますから、海外での暮らしとなると親としては少し考えちゃいますよね。

亜美さんがiPad《アイパッド》に手を伸ばしながら我南人に言います。

「そのキースさんのスタジオがあるウェンブリーから、マードックさんちがあるオックスフォードまでどれぐらいか、お義父《とう》さんわかります？」

「うーんとぉ」

我南人が考えている間に芽莉依ちゃんがもうiPhone《アイフォーン》で調べていますね。

「主要な駅から駅で、車で一時間ちょっとぐらいでした。マードックさんの家の正確な住所はどこですか？ キースさんのスタジオはわかってるので」

「オックスフォードのカウリー、マーストン・ストリートね」

亜美さんが言って、芽莉依ちゃんがそれぞれの住所を確認して入力してもう一度調べると、確かに車で一時間も掛からない距離でしたね。それにしても今は本当に便利です。海外だろうとああやってあっという間に車でどれぐらいとか、何に乗っていけばいいかとかわかりますし、ここから乗り物の予約までできるんですよね。

「それなら、マードックさんの家で寝泊まりして、毎日そのスタジオに通えない距離ではないですね」

すずみさんが頷きながら言います。

「どこかのホテルに三人で滞在するよりは、藍子さんにお願いしちゃった方が皆さん安心なんじゃないでしょうかね」

美登里さんが微笑みながら言うと、亜美さんも頷きました。

「そうね。マードックさんも藍子さんも、いつでも子供たちを寄越《よこ》しなさいとは言ってくれてるし」

「三人だけでかぁ。いいなぁオックスフォードにも行ってみたいな」

花陽が言います。花陽もものすごく行きたそうな顔をしてますけど、芽莉依ちゃんともども大学が始まりますからね。

「僕も行くよぉお。プロデューサーとしてさぁ」

「大の男が四人も泊まれたっけ？」

「今は隣の大伯父さんだかの家をアトリエに使っていて、その二階は全部空いてるって言ってましたよね」

青とすずみさんが言いました。

「マードックちゃんの家に僕が泊まってぇ、研人たち三人は隣のアトリエで寝泊まりだねぇ」

「我南人が一緒に行っても音楽のこと以外は何にも頼りにはならねぇが、まぁそれなら大丈夫か」

「決定！」

研人が叫び、甘利くん、渡辺くんが手を上げてハイタッチします。

「けってい！　かんなと鈴花もいこう！」

「いこう！」

「いや、それは無理だよ。二人とも」

「お土産たくさん買ってくるから」

「えー」

いつかかんなちゃん鈴花ちゃんも一緒に行けるかもしれませんが、今は無理ですね。

小学校もじきに始まります。

それにしても、バンドの初めてのフルアルバムを、イギリスでレコーディングですか。

ワクワクしますね。

もちろん、わたしもついていきますよ。

Chapter 1 Bohemian Rhapsody
第一章 ボヘミアン・ラプソディ

1 ジュン・ヤマノウエ

パンが焼けた。

いつもの朝の、いつものブレックファスト。

トーストにマーマレードを塗って、その上にターンオーバーのフライドエッグをのせてさらにその上にマヨネーズをかける。あればレタスを挟むんだけれど、昨日買っておくのを忘れていたので今日はなし。そしてホットミルクと紅茶。別々に。

そういえばこの赤のチェックのテーブルクロスを替えて洗おうと思っていたんだった。いいか、今度の休みで。

『ジュン』

『ん？』

銀髪の下の銀縁メガネの奥からギョロリと睨《にら》むグランマ・ハンナ。

ハンナもいつものトーストとマーマレードに冷たいミルクと紅茶に、今日はサニーサイドアップ。スクランブルの日が多いんだけどきっと占いでそうだったのね。

あのグランマの大きな瞳が私にも遺伝していたらなぁ、って思う。

ハンナは、きれいなグレイの瞳。私の、父譲りの黒とブラウンの瞳もなかなかの美しさだとは思うんだけど、少しばかり小さいのよね。

『毎朝思うんだけれどね』

『うん』

思っても言わないのね。

『今日は言うわね。そのマヨネーズは本当にバランス的に余計だと思うのよ。見た目としても味としてもレディのたしなみとしても』

『でも美味《おい》しいのよ？』

甘くてほろ苦いマーマレードとマヨネーズってめちゃくちゃ合うの。少なくとも私の味覚では。

『それにね、その間に卵があるから味が混ざらないで口の中で甘みと濃厚な旨味《うまみ》が引き立てあうのよ。そもそもマヨネーズは卵だし』

ハンナが顔を思いっきり顰《しか》めて、唇をへの字にする。グランマのその顔好きなの。いかにもイギリスの気難しいおばあちゃんって感じで。

『あなたのそのおかしな味覚は日本人の血なのかしら？　でも日本の料理ってそりゃあもう美味しいものばかりよね』

『そんなのわかんないわよ。私は日本に住んだことないんだし。そもそも日本人の皆さんに失礼よ』

けなしてるんだか褒めてるんだかわからないけど。

でも日本食がとびきり美味しいのは確かね。ミソスープなんかは世界一美味しいスープかもしれない。できるなら私も朝のミソスープを習慣にしたいぐらいなんだけど、ハンナが嫌がるの。確かに美味しいけれども、朝は違うって。でも、二日酔いの朝にはミソスープが効くって何かの本で読んだわ。

そう、だから世界一美味しい食文化を持つ日本に、変な味の組み合わせの朝食なんかしている人はいないと思う。

たぶんだけど。

そして私はマーマレードにマヨネーズが合うとは思うんだけど。

『あ、ハンナ。今日買い物に行ける？』

『今日？　今日は、そうねぇ』

窓から空を見上げて、後ろのチェストに置いてあるタロットカードに手を伸ばすから

オッケーって言った。

『いいわ占わなくて。私が帰りに買ってくる』

大好きなグランマ・ハンナ。

ずっとずっと長生きして私といつまでも一緒に暮らしてほしいんだけど、その占い好きだけは何とかしてほしい。一日の行動予定を全て占いの結果で決めるっていうのは、どう考えても不自然。

でも、年寄りの生き甲斐《がい》みたいなものを奪うわけにもいかないから言わないけれど。

『占うわよ。今日だってあなた、捜査の現場に行くとか言ってなかった？』

『言ってないわよ!?』

何で知っているのハンナ。

『どうしてそう思うの!?』

『昨日の占いで出ていたわ。あなたは今日仕事でとても重要な役割を果たすって。警察に勤めているあなたが重要な役割を果たすといったら、そりゃあもう捜査の現場に行くことじゃないの？　事務官だけど』

ときどき、私のグランマには本当に霊感みたいなものがあるんじゃないかって思う。

占いの結果じゃなくて、自分のその能力で未来を予測しているんじゃないかって。

この間だって、通勤途中の事故で道路が渋滞して私が遅れることを当てたの。遅れる時間までも。そんなのはゼッタイにタロットカードでは出てこないと思う。

私自身のことを考えれば、ハンナにだって、ね。そういうおかしな能力みたいなものがあったって不思議じゃない。

そもそも血の繋《つな》がった祖母であるハンナがそうだから、私もこうなのかもしれない。そういうものが遺伝するのかどうかはまったくわからないけれど。

『そんなことを外では言わないでよハンナ』

『言わないわよ。占ったことは、当事者以外には教えないというのが占い師としてのマナーよ。厳然たるルールよ』

グランマ、あなたが占い師として商売したことなんかはその長い人生で一度もないはずなんだけど。

『お願いね。確かに今日は現場に行くんだけれど、私が捜査するわけじゃないのよ』

そもそも私にそんな権限はないから。事務官なんだから。

『あら、そうなの。じゃあ何で現場に行くの』

『ある重要な現場で、相手が女性なので同じ女性に来てほしいという要望があっただけ。そして私の部署に女性は私一人しかいないの』

『そういうのを捜査って言うんじゃないの？　あら、良《い》いカードね』

いつの間にか占っていたのね。

『ジュン、今日は私が買い物に行ってくるわ。必要なものをメモに書いておいてね』

『何色のペンで？』

『赤よ』

はいはい。赤色のペンで買い物メモを書いておきます。レタスとトマトにミルク。それに石鹸《せっけん》に漂白剤も。

『メモは白の紙にしてね。ところで現場に行くってなっても、まさか危ないことはないんでしょうね？』

『ないです。警部補が一緒です』

『ロイドね』

また少し唇をへの字にする。

『ロイドも良い子なんだけど、バツイチじゃあねぇ。年も随分上だし。他にいい人はいないのかしら。警察なんて男がゴロゴロいるでしょうに』

確かに男たちはゴロゴロいますけれどね。

『結婚相手を探すために働いているわけじゃないのよ。芸術を取り戻すために』

『失われた光をまた人々の前で輝かせるために誇りを持ってやっているんでしょう。十分わかってるけどあなたの人生の幸せは』
『あ、もう行かなきゃ』
『帰りは遅くならないんでしょう？』
『大丈夫』
いつものように定時で帰れます。
『行ってきます』
『行ってらっしゃい』
今日もお互いに元気に過ごしましょう、グランマ・ハンナ。

ハンナと暮らすチェルシーのオークリー・ストリートのアパートから、ニュー・スコットランドヤードまではバスで三十分と少し。

実は自転車で走った方がずっと早く着く。朝の時間帯のバスは渋滞なんかで遅れちゃうから。

新人の頃は自転車で行ってもみたんだけど、警部補から、何かのときには車で出かけてそのまま家まで送ることもあるだろうから、バスにしろって言われて、以降は大体そうしている。

でも、本当は今でも自転車で通いたいのよね。身体《からだ》を動かすことは好きだし、きっと自転車で通勤したら他に何もしなくても、食事のカロリーに気を遣わなくてもずっと今の体重をキープできるはず。

まぁそんなに太ってはいないし、そもそもうちの家系は父さんの方はよく知らないけど痩せているから大丈夫だとは思うんだけど。

今日は、降らない。よし。

天気予報も確認。今日の現場は、雨が降っていたらいろいろと気を遣わなきゃならないことが増えるから良かった。今日はベージュのパンツスーツにしたから、羽織るのは濃紺のステンカラーコートにした。このコートのAラインがすっごい好きなんだけど、やっぱり中はちゃんとした格好をしないと似合わないから、あんまり着る機会がないんだよね。

『おはよう、ジュン』

オールドタウンホールのバス停に着いたら、後ろからパティの声。モスグリーンのモッズコートにイエローのパンツにピンクのスニーカー。いつもと変わらない賑《にぎ》やかな配色のファッションがすっごく似合う。

『おはよう、パティ』

『ねぇ、身体、大丈夫？　眩暈《めまい》とかしていない？』

『え？』

その心配そうな表情はなに？

『何かおかしい？　私』

『さっき、私あなたのちょっと後ろを歩いてたの。そうしたら、何もないところでジュンがよろけるように動くから。前にも見たのよ、そんなふうにジュンがよろけるのを』

あ、それか。

うん、わかった。

『何ともないわよ？　犬のうんちでもあったから避《よ》けたんじゃなかったかな』

『ううん、そんなのなかった。だからおかしいな、って思ったんだけど』

パティは観察眼もあるし、気遣いのできる子だからな。適当に言ってもごまかせないかな。

『本当に何ともないのよ。あ、ひょっとしたら前を歩く人の匂いが嫌だったのかも』

『匂い？』

『そう、風に乗って漂う、前を歩く人の匂い。私、鼻が良いせいか、そういうのに敏感なのよね』

嘘《うそ》です。鼻は普通です。むしろ鼻炎気味です。

ごめんね、私を心配して言ってくれているのに。本当のことは、言えないんだ。言ったらきっと私を避けるようになっちゃうから。

パティは、ちょっと不満げな顔をしながらも頷いてくれた。

『なら良いんだけど。ねぇ、そのスカーフ綺麗《きれい》。新しいの？』

『ううん、ハンナのお下がり。貰《もら》っちゃった』

バスが来て、乗り込む。

パティは、まだ二十一歳の若くて新しい友達。スコットランドヤードのすぐ近くのコリンシアホテル勤めで、二、三ヶ月ぐらい前からよく朝ここで一緒になって、声を掛けあうようになって親しくなった。

『珍しいね。ジュンのそんなパンツスーツ姿』

『あぁ、ちょっとね。今日は外回りで人に会うから、ちゃんとした格好しちゃった』

『似合うわ。黒髪って良いよね。そういう格好するとすごく落ち着いて見える』

『そう？』

パティが私の長い髪をちょっとつまむ。

『お父さんが日本人だったよね？　ジュン、って日本人の名前であるの？』

『あるみたいね。女性でも男性でもおかしくないって前に聞いたことがある』

『へー、そうなんだ』

日本へ行きたいって。

日本のアニメやマンガが大好きなパティはいつもそうやって言う。お金を貯《た》めて観光でもいいけれど、もしも叶《かな》うことなら日本で働きたいって。

ホテルスタッフという仕事だったらそれも可能なような気がする。日本のホテル業界だって外国人観光客に対応するのに、外国人従業員の受け入れはあるはず。ただし、日本語がほぼ完璧に理解できるように勉強しなきゃならないと思うけれど。

『日本語の勉強は進んでいる？』

「すこし、ですけれど」

にっこり笑って日本語で言うので、日本語で返す。

「あ、きれいな発音。上手」

『ジョーズ？』

『上手い、っていう意味の日本語。サメのジョーズじゃないわ』

なるほど、ジョーズ、ってすぐにスマホにメモしていた。

『ジュンは忘れたりしない？　普段は、事務のお仕事だったら日本語なんてまったく使わないでしょう？』

「仕事でもプライベートでもほとんど使わないんだけれど、不思議と忘れないねー。やっぱりうんと小さい頃に染みついちゃったからかな？」

『わー！　長い文章。大体わかるけど、聞き取れないのがある』

笑った。

日本語は、お父さんが死んでしまってからは、ほとんど使わなくなった。周りにお父さん以外に日本人はいなかったからね。だから本当にずっと使っていないんだけど、何故か今もちゃんと喋《しゃべ》れるし聞き取れる。忘れない。ネットで日本の映画をよく観《み》ているせいもあるかな。

そりゃあ、今流行《はや》りの言葉とかは勉強していないしまったくわからないから、私の使う日本語はひょっとしたらちょっと古くさいのかもしれない。お父さんが喋るのを聞いて覚えたんだから。

『また今度夜に誘うね。付き合って』

『うん』

ちょっと前に、仕事帰りにバッタリ会ったので、パブに寄って飲んだ。彼女は早番とか遅番があるからなかなか時間が合わないけど、明るくて元気なパティと飲んだりご飯食べたりするのは気持ちよくて好き。いろいろと話も合うしね。

ただし、いっつも日本語教室みたいになっちゃうんだけど、それぐらいは全然構わない。私も日本が好きだし。

いつか、海を越えて飛んでいって、ゆっくり過ごしてみたいって思ってる。

父が生まれた国、日本。

父が若き日を過ごした街、トウキョウ。

そこの、やたらとお寺がたくさんあるシタマチというところ。

ニュー・スコットランドヤード一階の左奥の角が〈美術骨董盗難特捜班〉の部屋。

部屋を出たらすぐ右側に駐車場へのドアがあって、そこから搬入物は真っ直《ます》ぐに部屋に持ち込める。扱う荷物が貴重品や極秘の事物ばかりという部署だから、そういう意味ではいちばんいい場所。

そして陽当たりもいいんだ。あまりによすぎて暇なときの夕方なんかにお天気だと本当に眠くなってしまって困る。普段はほとんど一人になることが多いから寝ちゃってもいいんだけど。

あれ?

ガラス窓の向こうに人影。もう警部補来ていたんだ。

『おはようございます警部補』

『おはようジュン』

常に同じスーツに同じシャツ。スーツは十年以上前に買った同じのを三着持っていて、それをクリーニングして着回している。靴も同じのを二足持っていて三日履いたら取り換えている。そしていつも決まった時間にやってくる、几帳面《きちようめん》だけれど、常に金欠の私のボス。警部補ロイド・フォスター。美術骨董盗難特捜班班長。

特捜班といってももう一人メルヴィンしかいないし、メルヴィンは潜入捜査官で常に外にいて、部屋どころか本部にはまったく来ない。来ないのは、メルヴィン自身が〈美術骨董盗難特捜班〉だと知られてはマズいから。実際、SISの兼任捜査官であるメルヴィンとは私は一度も会ったことないし、顔もデータベースでしか知らないんだ。

『早いですね。何かありましたか？』

何もなければ毎日きちんとルーティンを守る性格の警部補が、こうやっていつもと違う行動をするということは、何か通常ではないことがあったということ。

『今日のドライバーを変更したんだ。その連絡でな』

受け渡しの人員を代えたというのは、つまり作戦の変更。

『誰に代えたんですか』

すぐにタブレットを開く。

『クレイグに頼んだ』

『クレイグ・イーデンさんですね』

美術品輸送専門のドライバー、クレイグ・イーデンさん。リストから呼び出して配置票を入れ替える。本当なら手の空いていた交通課の巡査に頼む予定だった。

『奴の車はわかるな？　いつものだ』

『わかります』

真っ黒のワンボックス車。

クレイグさんは美術品輸送のスペシャリストで、特に絵画に関しては梱包《こんぽう》から輸送まで全て任せて大丈夫って人。しかも、昔はいろいろ危ないことをやっていたらしくて、万が一ラフなシーンに遭遇したとしても、一人で対応できるという便利な人。もちろん、そんなシーンになんかならない仕事ばかりなんだけれど。

『特段の問題はないと思う』

『はい』

どうして変更したのか疑問には思うけど訊かない。私はそれに意見する立場にはまったくないから。同じ捜査官だったら当然どうしてなのか訊くんだろうけど。

まぁ確かに問題ないと思う。もしあるとするなら、クレイグさんが警察官ではなく、民間人ということだけで。

でも、特捜班は三人しかいなくて、どの部署も私たちのところに人員を割いてはくれないんだからどうしようもない。本当にどうしようもないって思うんだ。国家の財産である絵画や骨董品を取り戻すという重要な仕事をしているのに。

『すると、仮に絵画に修復が必要となった場合には、ハリー・コールさんを？』

クレイグさんにドライバーをお願いするのなら、修復には、いつもクレイグさんと組んでいるハリー・コールさん。本物の画家であり、修復士でもある人。

ハリーさんの描く風景画が、私はとても好きだ。名を成した画家ではまったくないんだけれど、どんな情景を描いてもそこに温かみを感じさせる。もしも私が結婚でもして家庭を持ったなら、居間にはハリーさんの絵を飾りたいって思うぐらい。

『いや、それは無理だ』

無理。じゃあやっぱりそうなんだろうか。

『確か、ハリーさんは半年ほど前に交通事故にあったと聞きましたけど』

そうなんだ、って警部補が頷く。

『よく知ってたな』

『前にチェルシーのパブでばったりクレイグさんに会ったんです。そのときに、少しだけ話を聞きました』

警部補が、少し顔を顰めながら頷いた。

『可哀相《かわいそう》にな。辛《つら》いことに、右半身に麻痺《まひ》が残ってしまって、ハリーは今は車椅子生活だ』

それは。

言葉を失ってしまった。車椅子に。そこまでひどいことになっているとは知らなかった。言えなかったけど、まさか、彼女と同じような状態になってしまっているとは。

『右半身ってことは』

『そうだ。右腕もよく動かなくなっていて、筆は持てない。持てても描けない』

『本当ですか⁉』

プロの画家が、右利きの人が利き手を使えなくなるなんて、考えただけで胸が苦しくなる。生活はどうしているんだろう。何かの保険とか、補償とかあるんだろうか。

『まぁそれでな。今回、クレイグに少しでも余計にギャラが払えるといいんだが、どうだろうか』

『そうですね』

事務官は、経費の計算もする。

『通常の協力手当てに加えて、車の使用料と梱包資材の追加費用などを加えるぐらいであれば、特に申請しなくても班の捜査経費で落ちます』

そんなのは本当に微々たるものですけれど。

『後は、首尾よく引き取りが終わったら、美術館への移送をクレイグさん一人にお任せすれば、さらに別途手当てを出せます』

『それでいい。クレイグはハリーの面倒をよく見てるんでな。俺も奴らとは長い付き合いだ。それぐらいはしてやりたい』

『わかりました』

仕事には厳しいけれど、警部補は優しい。友達とかをすごく大事にしている。自分のことはさておいて友達の窮状を助けたりする。今回の変更も少しでもクレイグさんに仕事を回そうってことなんだきっと。そういうところ、いい人だと思う。

警部補がチラリと私を見て、微笑んだ。

『いい色合いのスカーフだな』

『ありがとうございます。祖母のハンナのものを貰ったんですよ』

あぁ、って頷いた。

『ハンナさんの時代のものは本当に質が良い。それは染色の色合いだな?』

『昔はもっとしっかりした発色だったそうです。今は若い子の方がこういう褪《さ》めた色合いは似合うだろうって』

『確かに、よく似合ってる』

さらりとそういうことを言ってくる警部補。

美術関係の学校を出ているわけでもないのに、美術史に詳しく美的センスに長《た》けてなければできないこの仕事が務まるのは、実家がテーラーだったせいじゃないかって思う。物心ついたときから、様々な色合いやデザインの布や服に囲まれていたから自然とそういうものの感覚が身に付いて、そして自然に美術関係にも詳しくなっていったみたい。

『よし、じゃあ行こうか』

『はい。今日は運転は?』

『俺がする』

二人で出かけるときには、いつも車をどちらが運転するかを確かめる。ロイド警部補が絵を取り戻しに行くときにはいつも験担ぎをするらしいから。自分で運転するのは、不安要素がないとき。

運転席に乗り込む警部補。私もすぐに助手席に乗る。

『現着までルートに特に事故情報はありません』

『うん』

車を発進させる。いつもの、私たちの班の警察車両。

十年ほど前に〈グリーナス美術館〉から紛失したと届け出があったフォロリングの〈湖の乙女〉。

そう、盗難ではなく紛失。盗難なら警察の出番だけれども、あくまでも紛失ってことらしい。自分たちの過失だと。

でもそれが実は紛失ではなく、当時〈グリーナス美術館〉からある有力者が黙って外に持ち出していたことが判明した。黙って持ち出して黙って自分のところに飾っていたのだ。

普通はそれを窃盗と呼んで、犯罪行為なのだけど、その有力者には常識も理性のかけらもなかったみたい。

今回、私が現場に行くことになったのは、その事実を知らされた有力者の身内が、推測では娘が、何事もなかったかのように美術館に返却したいと申し出てきて、警察が自分たちを逮捕しない保証として、警察関係者でありかつ警察官ではない者を引き取りに寄越してほしいと言ってきたから。

どういう理屈なんだかまったくよくわからない。

要するに、警察も知ってて来るんだから逮捕なんかしないでよねってことらしい。それならそれで自分たちだけで直接〈グリーナス美術館〉に戻せばいいものを、後々訴えられたりしないように、警察を通して美術館にも保証してほしいってことらしい。

親が親なら娘も娘で、どうしてそんな自分たちに都合のいい条件で引き取りに来てもらえるって思っているんだか。

でも、〈美術骨董盗難特捜班〉としては、そう頼まれたら引き取りに協力せざるを得ない。美術館側でも盗難ではないと言っているんだから、犯罪じゃないし。私たちの存在意義はイギリスの美術的財産をあるべきところへ戻すことにあるのだから。

〈グリーナス美術館〉は自分たちの管理能力に不備があったので、その有力者を盗人《ぬすっと》扱いできないらしいし、その娘にもちろん罪はない。

ワガママで非常識だけど。

何事もなければ、ただ私が指定の場所まで行って、その娘の代理人と称する人間と向き合い、絵を確認して持ってくるだけで、さほど問題はないはず。

問題があるとしたら、高額な値がつくと判断されている絵画は、一度外に出たら百人の泥棒とブラック・マーケットが狙っていること。そして、ブラック・マーケットには当然のように危ない人たちもたくさんいるってこと。

警部補が運転する車で、指定されたウエスト・ハム墓地近くの倉庫に向かう。

『今朝もメルヴィンに確認したが、〈湖の乙女〉が出てきたと、ブラック・マーケットで話題になっていることはない』

『安心ですね』

『今までにも、一度もそんな話は出なかったらしいからな。とはいっても、厳密に言えば盗難絵画であることは間違いないんだ。十分に注意してくれよ』

『わかってます』

もう身体にマイクも隠しカメラも装着しているし、その性能は私がいちばんよく知ってる。何たって性能テストから普段のメンテナンスまで自分でやっているんだから。

このイギリス中の警察を探したって、こんなに何でもやってしまえる有能な事務官なんて私しかいないと思うわ。

『どうして受け渡しの場所がウエスト・ハム墓地近くの倉庫なのか、だけどな』

『何かわかりました？』

『かの有力者の元愛人がそこの持ち主だった。で、これは推測だが、通報してきた有力者の娘ってのはたぶん、その元愛人の子供だ』

『なるほど』

そんなような感じですか。二度と関わり合いにはなりたくない皆さんがこの世にはたくさんいらっしゃるみたいで。

『まぁ危ないことはないし、何かあったら俺が守る』

『安心しています』

警部補が少しの間何か考えた。

『なぁジュン』

『はい』

『前にも訊いたが、警察官になる気はないのか？　君なら専門業務経験者としてすぐにでも推薦できるんだがな。きっと学校の課程もある程度免除される。給料もグンとあがるし、捜査にもきちんと参加できる』

うん、何度も考えていますけど。

『どうしても想像できないんですよ。武器を持っている自分を』

我が国の制服警察官は基本的に銃器を携帯していないけれど、特捜班は強盗窃盗犯相手の部署のため、現場に行くときには拳銃所持を許可されている。

アートを愛している。たまたま見つけた仕事だけど、芸術は多くの人に観られてこそ。そのために働けることは本当に嬉しい。ただ、それだけ。持つのは絵筆とタブレットだけでいい。

『まぁその気持ちはわかる』

『あ、警部補。あの向こうの通りの、玄関が赤い枠組みの店なんですけど見えました？』

『見えた。なんだ。怪しいギャラリーか？』

『全然違います。美味しいって評判のベーカリーなんです。すぐ近くですから無事絵画を受け取ったら帰りに寄ってもらっていいですか。ランチにしたくて』

笑った。

『いいぞ』

それぐらいのワガママは言いますよ。いつものことなんだけど、完全に事務官の職務の範疇《はんちゆう》を超えまくって毎日仕事しているんですから。本来、事務官は文字通り事務作業の仕事しかしないんですから。

『あそこだな』

警部補が車を停《と》めて、スマホで電話を掛けた。車のスピーカーから音が流れてくる。

『クレイグ。ロイドだ。現場に着いた』

(オレは十五分前に着いている)

『随分早いな』

(早く着きすぎたんだが、周りに人の気配はないし車もない。それでな、十分前にグレイのセダンが来て倉庫の中に女が入っていって出てきた。ナンバーも控えてあるが、たぶん連絡してきた女だと思うぞ)

思わず警部補と顔を見合わせてしまった。

『それは、代理人を抜きにしてさっさと絵を置いて帰っていったってことか？』

(その気配はある。もう入って確認した方がいいぞ)

『わかった。行こうジュン』

『はい』

こういう予定外というのはかなりよくあることだから、全然驚いたりしない。警部補が何度となく盗難絵画の取り引きの現場をすっぽかされているのを見てきたし、私も交渉の電話を待って丸一日無駄にしたことが何十回もあるから。

鞄《かばん》を持って、車を出た。

『俺が先に行く』

『いいんですか？　私が先に行かなくても』

『クレイグが言うんだから、誰もいないのは間違いないだろう。君一人を受け取り人にするのもご破算ってことだきっと』

『そうですね』

まったくもう、って思う。女性に来てほしいっていうからきちんとした服装までしてわざわざ現場に来たのに。

念のためだと思うけど、拳銃を手にして入っていく警部補の後からついていく。ひやりとした空気。こういう使われていないレンガ造りの倉庫に付きものの埃っぽい匂い。大きな天窓があって中は明るい。こういう倉庫はお店として使ってやるととてもいい雰囲気になると思うんだけど。

『警部補、あそこに』

『うん』

私が指差した方向、天窓から降り注ぐ光の下に、何を見るでもなく佇《たたず》む一人の女性はいるけれども、それのことを言ったんじゃないし警部補には見えない。見た目には普通の人と違いはないんだけど、違うとしか言い様がないんだ。

女性のすぐ近く。庫《くら》のほぼ中央に、板をドラム缶に渡しただけのテーブル。

その上に、油絵。

絵とは関係ないのよねあなた。

誰の気配もないのを確認した警部補が拳銃をしまって、歩き出した。そういう人たちを普通の人が真正面から擦り抜けていくシーンはもう何十回何百回と見ているけれど、どうしても慣れないんだ。

　私はもちろんその横を歩いていく。見えるけど、見えないふりして。何をどう考えてもわからないんだから、その存在は私にはもうほとんど野鳥みたいなもの。

『これか』

『はい』

　間違いない。

　額縁は取られているけれど、木枠から外されていないそのままの油絵。ユニコーンと白いドレスの少女と湖が描かれている〈湖の乙女〉。ユニークなのはユニコーンが白ではなくて、まるでシマウマのように白と赤の毛で彩られていること。

　まるでユニコーンの息遣いまでも感じられるような毛並みの美しさは、こうして観ると本当に息を呑《の》むほどに素晴らしい。

『保存状態も良かったんじゃないでしょうか』

『そのようだな』

　大きな破損はない。見た感じの損傷もない。

『確認します』

　天井からの光は申し分ないから、このままここで確認できる。鞄から〈湖の乙女〉のカラー写真を出した。

警部補も覗《のぞ》き込んで、細部から確認していく。

『いいな』

『はい』

ほぼ、持ち去られたときそのままの状態。鞄からタブレットを取り出して、入れておいた写真データを開いた。

『写真拡大します』

『うん』

警部補に見せてから、絵の横に置く。コンディション・レポートのコピーファイルも取り出して開いて、写真と同時に確認する。

『ユニコーンの尻尾のところに劣化による曇り、ありです』

『あるな』

『後ろの木にある陰りもそのままありますね。それから、乙女のドレスの剝離部分』

『これだな』

『はい、それもそのままありますね。本物に間違いないかと。裏の美術館ナンバーシールは』

ひっくり返して、ナンバーシールを確認。

『間違いないです。本物の〈湖の乙女〉です』

『よし』

警部補がスマホを取り出して、連絡した。

『クレイグ。オッケーだ。すぐに梱包してくれ』

（了解。今行く）

外で車のドアが閉まる音がした。

『こっちで修復する必要はまったくないな』

『ないでしょう。このまま〈グリーナス美術館〉に持っていって、問題ないかと思います』

『予算が減らないで助かる』

本当にそうです。

倉庫の入口が開いて、クレイグさんが大きな木箱を抱えて入ってきた。

相変わらずまるで格闘家のような迫力ある大きな身体。身体に馴染《なじ》んだ黒の革ジャンとジーンズっていう姿も相変わらず。

『キュレーターさん、普通の梱包で問題はないのか？』

『お疲れ様です。ありません』

そして何度も言いますけれど、私はキュレーターではありません。

美術大学を出てはいますけれど。そしてどこの美術館にでもキュレーターとして勤められるぐらいの知識は持っているつもりですけれど。そういうふうに言われるとちょっとウレシいですけれど。

『そいつだな』

『そうだ』

クレイグさんが頷きながら、持ってきた木箱を開く。木箱から取り出したのは、シンプルな額縁。それも〈湖の乙女〉のサイズに合わせて作ってきたアクリル板付きのもの。ガラスを使わないのはもちろん破損しないように。厚手のアクリル板は、そう簡単には穴が開いたりしないから。

絵のサイズと厚みを測って、クレイグさんが頷いた。

『ピッタリだ』

手際よく絵を取り上げて額縁に嵌《は》めていく。サイズがぴったりだから、画面がアクリルに触れることもないけど、念のために触れていないかをしっかりと太陽光に当てながら調べている。

『問題なし』

熟練の職人のように裏ぶたを閉じて、乾燥剤を間に挟んでエアパッキンで包んでいく。そうしてさらにアルミ製の加湿装置、ヒュミドールを木箱に付けておく。これで、適切な湿度に調整するんだ。

『このまま〈グリーナス美術館〉に持っていくんだろう?』

『持っていく』

『じゃあ、このままでいいな。特にヒュミドールを追加することもない』

『任せて大丈夫だな。そうすれば別に手当てを出せる』

クレイグさんが頷いた。

『大丈夫だ。任せておけ』

『向こうにはお前一人で行くと伝えておく』

『了解』

『お願いします』

警察が介入していると世間に知られてしまったら困るのは〈グリーナス美術館〉の方なので、ロイド警部補は行かない方がいいんだ。私ならまだ大丈夫だけど。

木箱を積み込んで、クレイグさんは車に乗って手を振った。走り去るのを見送って私たちも車に乗り込んだ。

『よし、じゃあその旨いというパンを買って帰るか。ついでに俺も買って昼飯にでもしよう。奢《おご》ってやろうか?』

『やめてください。お金もないのに』

警部補が肩を竦めた。パンぐらい買えるって言いたいんでしょうけど、離婚して以来、パンのひとつも奢れないぐらいの金欠生活をしているのは知っているんですから。

むしろ、私が奢ってあげたいぐらいです。

毎日のお昼ご飯だけでも。作ってもいいです。

一 堀田サチ

イギリスです。

ロンドンは、朝の七時。

ヒースロー空港に、日本からの飛行機が着きました。

霧のロンドン、などという言葉があるように、ことお天気に関してはあまり陽気は望めないのがイギリス。藍子も、晴れる日は三割ぐらいじゃないかしら、と言っていましたが今日はきれいに晴れています。まるでわたしたちを歓迎してくれているみたいで嬉しいですね。

春のロンドンの気候は、東京よりも涼しいそうです。

この身は暑さ寒さを感じることがもうできないのですが、晴れているにもかかわらず、ヒースロー空港にやってくる人は、コートやジャケット、ブルゾンなどを着ている人がほとんどですね。セーターを着込んでいる人もいます。今どきの朝晩は、むしろそういうものがないと寒く感じるぐらいだそうですよ。

降り立ったのは、我南人と研人、そして甘利くんに渡辺くんの男ばかり四人。

皆が細身でそれほど幅を取らず特別に派手な格好をしているわけでもないのに、どこか目立って見えるのは、ミュージシャンだからでしょうか。日本では悪目立ちする我南人の金髪も、当たり前ですがこちらでは普通に見えます。

向こうを出たのは深夜というか未明というか、午前三時近くの便でしたよね。

皆が一緒に動けるようにと、甘利くんと渡辺くんは我が家に泊まっていったのです。大好きなお兄ちゃんたちが三人揃って家にいるし、でもしばらくけんとにぃがいなくなっちゃうんだー、と笑ったり怒ったり忙しかったかんなちゃん鈴花ちゃんです。

夜中に出て行くから大丈夫だよな、と言っていた甘利くんと渡辺くんですが、二人ともかんなちゃんの勘の鋭さをまだ知らなかったようですね。皆が出発の用意をしていると、いつの間にか起き出してきて背後にそっと立っていたので、二人とも本当にびっくりしていましたよ。

お土産をたくさん買ってくるし、パソコンでいつでも顔を見ながら話ができるからねと、手を振って四人で出て行きました。

わたしは、何年か前に、勘一や紺や我南人と一緒にイギリスに行ってきましたからね。生前に、もしくはこの身になってから一度でも行ったことがある所でしたら、乗り物は関係なしにいつでもあっという間に飛んでいけますので、便利でしょうがありません。

まぁ本当に飛んでいくのか、それともパッと消えて向こうに瞬時に現れるのか、そこのところは自分でもよくわからないのですが。

研人も、誰もいないときを見計らって、大《おお》ばあちゃん一緒に来るんでしょ？　と笑って言っていました。

行きますとも。ヒースロー空港にだって一瞬で行けます。

四人を乗せた飛行機が向こうに着くときにひょいと飛んでいって、空港で出迎えてあげようと待っていたのです。

ヒースロー空港は相変わらず少しそっけないほどに感じる建物ですが、空港なんてどこもそうかもしれませんね。以前に関空に行ったときにもそんな印象でした。少し似ているところがあるかもしれません。

あぁ、藍子がいましたよ。

迎えに来る手筈《てはず》になっていたのですよね。

その佇まいはすっかりこちらにも馴染んでいて、慣れた様子で到着口を見ています。マードックさんはいませんから、家で待っているのでしょう。パンツスーツと言えばいいのですかね、ベージュのジャケットにスラックスと紺色のカットソー。薄手の春物のコートも羽織っています。髪の毛はこっちに来てからずっと伸ばしていると言っていましたから、日本にいるときより随分と長くウェーブしています。少し染めたのでしょうか？　栗色《くりいろ》っぽい感じもします。

何だか改めてこうして見ると、いかにもイギリスに暮らしている日本人、という感じがしますね。

藍子の隣に並んで立ってみます。

話もできないし姿も見てもらえませんけれど、こうしてすっかり大人の女性になっている孫といつまでも並んでいられるというのも、本当に嬉しいですよ。ましてや、生きているときには思いもしなかった外国の空港で、ですよ。

もしも、わたしの姿が見られる人が誰かここにいたのなら、地味な黄八丈《きはちじょう》の着物を着た小さい日本人のおばあさんは少々目立つでしょうね。

「あ、来た」

藍子が小さく呟《つぶや》いて、足を前にゆっくりと運びます。わたしにも見えました。

金髪で長身の我南人を先頭にして、研人と甘利くん、渡辺くんの四人がゲートから歩いて出てきます。

研人と甘利くんと渡辺くん。三人は今、身長がほぼ同じぐらいなのですよね。以前の身体測定では一七七センチありました。まだ若いですから、これからもう少し伸びるかもしれません。

四人とも長期滞在のわりにはそれぞれ普通の大きさのキャリーバッグひとつずつと、後は楽器のケースだけなのは、日常で使うものは全部マードックさんの家にあるし、必要なものはこっちで買えばいいとアドバイスされたからですね。

藍子も久しぶりに大勢の面倒を見る生活がこれから少し続きますけど、案外腕まくりして楽しみにしていたかもしれませんね。嬉しそうな笑顔で、皆が出てくるのを待っています。

「藍ちゃーん！」

待っている藍子に気づいた研人が大きな声で呼んで、手を振ります。皆が駆け寄ってきました。

「いらっしゃい！」

「久しぶりー」

研人にすると、父親のお姉さん、つまり伯母さんにあたる藍子。

生まれてからずっと一緒の家で過ごし、こんなに長く離れて暮らすのはお互いに初めてです。普段もパソコンの画面上で話したりはしてますが、こうして外国の地で会うというのもまたひとしお違う感慨があるかもしれません。

研人の視線がまったくこちらに向きませんから、わたしは見えていないのですね。まぁイギリスにやってきてまったく違う毎日がしばらく続きますから、わたしのことなど頭にないかもしれません。そもそも研人が何の拍子でわたしが見えるのかも、お互いにはっきりとはわかっていませんからね。

「藍子さん、お世話になります！」

「わざわざお迎えありがとうございます！」

甘利くんと渡辺くん。高校卒業まで〈TOKYO BANDWAGON〉の仮のマネージャーだった研人の母親である亜美さんとはよく話したり一緒に行動したりしていますが、藍子とは今まで親しく会話したり、一緒に過ごしたりしたことはそれほどはなかったですよね。

「よく来たわね。お母様やお父様は皆さんお元気？」

「はい、お蔭様《かげさま》で。あ、お世話になるんだからと、ウェスさんとメアリーさんにもいろいろ持ってきたんですけど」

渡辺くんがキャリーバッグを叩《たた》きます。

「そんなのいいのに。向こうに着いてからにしましょう。お父さん、向こうの駐車場に車停めてるの」

「オッケー。車ってぇ、マードックちゃんの車ぁ？」

藍子がにこりと笑います。

「見てのお楽しみ。いいお天気で良かったわ」

日本ではごくたまにしか車を運転していなかった藍子ですけれど、こちらに来てからは免許も切り替えて毎日のように車に乗っていると言っていました。イギリスは日本と同じ右ハンドルで左側通行なので、全然楽だと言っていましたよね。

「先に携帯買っておきましょう。プリペイド携帯。空港でも売ってるから」

「あ、そうそう」

皆がこっちで使うスマホですね。要するに購入したカードの金額の分だけ使える携帯電話ですよね。日本でもそういうのは売っています。日本で普段使っているスマホをこっちでも通話できるようにするには手続きが面倒臭いらしく、旅行者はそういうのを買って使ったりするようです。でも、Wi-Fi《ワイファイ》でネットを使う分には、自分たちのスマホでいいらしいですよ。

プリペイド携帯を売っているショップに寄って、研人たちが自分で買い、それぞれの電話番号などをチェックしています。藍子も皆の電話番号を今のうちに登録していました。大事なことですよね。さっさとしておいた方がいいです。

皆でぞろぞろと並んで駐車場まで歩いていきます。

「意外と気温が低いんですね」

甘利くんも研人も渡辺くんもお揃いの革ジャンを着ていますね。中に春物のセーターも着ていますから、言われた通り暖かい服を着てきたのでしょう。我南人は、これはいつものマッキントッシュのレインコートですね。

「うん、大体この時期はこんなものかな。夜なんか寒く感じる日もあるぐらい」

「藍ちゃん、言われた通りに服はほんの少ししか持ってこなかったけど」

「そう」

藍子が深く頷きます。

「海外生活ってことで気張っていい服持ってきちゃうでしょ？ でもね、イギリスは水が違うから日本よりお洗濯で服が傷みやすいの。どうせスタジオに籠《こも》るばかりなんだろうから、必要なものをこっちで買った方がいいのよ」

「洗濯がめんどくさいんだよねぇえ、こっちは」

前にも聞きましたたし、マードックさんは日本で暮らしはじめたときから言ってましたよね。日本でのお洗濯は楽で良いと。

何でもこちらは水が硬水で、日本でのお洗濯とは一味違うとか。藍子も洗剤の使い方やらなにやら慣れるまで苦労したと言っていました。

良い機会ですから、研人たちもこっちでの暮らし方をしっかり学ぶといいでしょうね。将来は世界に出て行くと公言しているんですから。

「あれよ、車は」

駐車場へのエレベーターを降りて、藍子が指差したところに車がありますけど、あれは何ですか。

「ワオ！」

文字通りにワオ！ と、皆が叫びました。

わたしは車の名前などはわかりませんが、いわゆるワンボックスカーですね。それほど新しいものではなく、けっこうくたびれている感じですけど、何とボディに〈TOKYO BANDWAGON〉と、研人たちのバンドのロゴだけが描かれています。

研人たちが駆け寄って、車のボディを触っています。

「何これ藍ちゃん！」

「すごいねぇ、いいねぇ」

我南人も驚いていますから、まったく知らなかったのですね。

「まさか、マードックさん用意してくれたの？」

藍子が笑って首を横に振ります。

「キースさんからのプレゼントよ」

「キースの!?」

「以前使っていて、ガレージで眠っていた車なんですって。こっちで必要になるだろうから思う存分使えって私たちの家まで届けてくれたの。楽器も載せられるから何だったら将来こっちでのライブツアーにだって使えるって」

本当ですね。荷室に十分な広さがあります。それにしてもキースさんには本当に足を向けて寝られませんね。余程研人たちのバンドを気に入っているんでしょうね。

皆が乗り込んで、車の様子を見ています。

「全然古くないじゃん」

「十年前の型ですって。点検したしここまで運転してきたけれど、エンジンは快調よ」

「最高だねぇえ。日本に持って帰りたいねぇ」

それはきっとややこしい手続きとか必要でしょうし、お金もかかりますよね。

「マードックさんの家って、ロンドンじゃなくてオックスフォードなんですよね。どれぐらい掛かるんですか?」

甘利くんが訊きます。

マードックさんと藍子が暮らすモンゴメリー家は、イギリスのオックスフォード市カウリーのマーストン・ストリートというところにあります。オックスフォードという地名には馴染みがありますよね。オックスフォード大学という著名な大学があって、街もいわゆる大学都市として昔から日本でも有名です。

「ここから高速道路を走って、一時間も掛からないわね」

「あ、じゃあ」

渡辺くんが手を上げます。

「藍子さん、僕が運転します。免許持ってます。これからこの車を使うんなら僕らだけで運転できなきゃダメでしょう？」

その方がいいでしょうかね。そして渡辺くんはもう免許を取ったんですか。

確かイギリスでは日本の免許で運転できるはずですし、渡辺くんのことだからさっさと国際免許も取ってきたかもしれません。どちらも入国から一年という期限付きですが。

「じゃあ、道案内はするわね。ナビもあるけど」

渡辺くんが運転席に座り、助手席には藍子。後ろに我南人と研人と甘利くんが座りました。わたしはマードックさんの家に一瞬で行けますけれど、せっかくですから皆と一緒にドライブを楽しみましょうか。こういう車であれば、荷室でも大丈夫です。きちんとナビを設定して、出発です。

「渡辺くん、ラウンドアバウトって知ってる？」

「あれですよね、ロータリーみたいなやつですよね？」

「そうだけど、日本のロータリーみたいに信号はないの。家の近くにあるから走り方教えるね。あと、ここにはないけれど、イギリスでは踏み切りの一時停止はしなくていいの」

「そうなんですか？」

お国が違えば運転のルールやマナーもいろいろ違います。きちんと教えてもらった方がいいでしょうね。

「じゃ行くよー」

さほど戸惑わずに渡辺くんが車を発進させます。駐車場を出て、藍子の指示通りに車を進めていきます。ナビも喋ってますけれど英語ですものね。

渡辺くん、まだ免許を取って間もないはずなのに自分で言い出すだけあって、落ち着いていてしっかりとした運転ぶりですね。あっという間に高速道路に入っていきました。

「藍ちゃん、マードックさんって今日は大学？」

「ううん、今日は講義はない。でも二人で来ると全員で車に乗れなくなっちゃうし、二台で来るのもなんだから家で待ってるわ」

マードックさんは日本でも我が家近くの美術系の大学で講師をしていましたが、こちらでも、オックスフォード大学ではないですが、家からほど近いマーグレン大学というところで美術の講師をしているのですよね。

マードックさん、昔から東京のご近所ではただの〈日本が大好きな絵を描くイギリス人〉と思われていましたけれど、実はアーティストとしてはけっこうというか、かなり認められているのです。

描いた作品は、さすがに何百万何千万とはいきませんけれど、数十万円という値で購入されているそうです。大きさによっては百万の単位ででも。

我が家にもマードックさんが描いた日本画や襖絵《ふすまえ》がたくさんありますから、何かの折りには海外の美術マーケットで売って生活費の足しにする、というのは定番の冗談になっています。

「毎日講義に行くんだっけ？」

「今は週に三日ね。それ以外は大体家にいて絵を描いているわよ」

「藍子さんもずっと絵を描いているんですか？」

甘利くんが訊きます。

「描いてるわよ。ありがたいことにロンドンやオックスフォードのギャラリーでも置いてもらってる。お小遣い程度の稼ぎだけどね」

「それでもスゴいや。イギリスでアーティストとしてやってるんだから」

甘利くんが感心するように言います。

「たまたまよ。こっちで認められていたマードックさんが夫で、そして画商をやってる友達がいたからってだけで」

「画商ってぇ、その絵を置いてもらってるギャラリーをやってる人ぉ？　前にマードックちゃんと藍子で二人展やったよねぇ」

「そう、たぶんすぐに会う機会があると思うけど、ケネス・カーライルさん。マードックさんとはね、日本でいう小学校時代の同級生なんですって」

「へー、同級生」

「俺らと同じだ」

そういえば前に言ってました。マードックさんの幼馴染みの方がよく家に遊びに来ていると。その方でしょうね。

「それぞれの家もその当時は隣同士で、とても仲が良かったんですって。マードックさんのところが離婚で引っ越してからはしばらくは会えなかったけど、大学の頃に再会して、親友みたいな感じ」

「画商ってことはぁ、そのケネスさんも美術系の人なんだねぇ」

「ところがね、本業は弁護士さんなの。大学も法学部よ」

それはまた随分と畑違いの方向へ進んだのですね。

「絵を描くことが好きで、それはマードックさんと一緒で子供の頃からよく一緒に描いていたって。でも、大学に入る前に絵は趣味にした方がいいって気づいたんですって」

「それで、弁護士に？」

「なかなかロックな友人だねぇ」

「他にもたくさんロックな友人がいるわよ。アーティストばかりだからお父さんとも気が合うかも」

音楽と美術。思えば我が家もその二つの分野のアーティストが同居していますよね。畑は違えど、同じ芸術です。自分の感性というもので生きて暮らしている人たちですから、感覚が合うことも多いのでしょうね。

車は順調に走っていきます。高速道路は信号もなく、新米のドライバーにはかえって楽だという話はよく聞きます。

渡辺くんがハンドルを握りながら言いました。

「マードックさんのお母さん、メアリーさんって心臓が悪いんですよね」

「そう。何度か軽い心筋梗塞を繰り返してしまって、いわゆる慢性心不全の状態ですって。ペースメーカーもつけていて、薬も飲んでいるの」

「それって、もう治らないんですか？」

「無理みたいね。もうすっかり弱っているんですって。心臓を元気にするには心臓移植しかないけれど難しいし、正直言ってご高齢だし」

「そうだねぇえ。僕の友達にもそういう人がいるけれどぉ、かなり難しいねぇえ」

藍子が少し淋《さび》しそうな顔をします。

「でも、そうやって身体が弱るのは老人なら当たり前のことだってお義母《かあ》さんは言っててね。前に痛めた腰は随分よくなって、車椅子は使わなくなったわ。家では寝ているこ
とも多いけど、大丈夫よ。毎日明るく元気に過ごしているから。一日一回は散歩したり、
庭いじりをしたり」
「普通に話したりするのは平気なんだよね？」
「もちろん！　でも、あなたたちはしないだろうけど、おどかしたり大きな音を立てた
り大声で騒いだり、そういうのは駄目だから気をつけてね」
「静かにのんびり過ごしていればぁ、大丈夫ってねぇ」
「お義母さん、若い子が大好きだから楽しみにしてるのよ。研人のことも花陽と同じで
本当の孫だって思っているんだから。今もね、おやつに得意のオレンジスコーンを作っ
てるはずよ。とっても美味しいの。マードックさんも小さい頃によく食べていたって」
「嬉しいねぇ。楽しみだねぇ」
「アフタヌーンティーってやつだね。イギリスの」
研人が嬉しそうに言いますが、午後にはまだ早いですけれどね。家に着いたら、朝ご
飯としてパンの代わりに美味しいスコーンが食べられるかもしれません。
辺りの風景には緑が多いですね。
以前に来たときにも感じましたが、イギリスの風景というのは日本人の感性と合うの

ではないでしょうか。

どこか懐かしいような、親しみやすい風景。そんな感じがします。わたしたちが若い頃の、復興した東京の街並みなどは、まさしくイギリス的なものに倣ったのではないでしょうかね。

随分昔に我南人たちとも話したことがありますが、イギリスのフォークソング、アイルランドやスコットランドの民謡などは、その少し物悲しく柔らかな旋律が日本人の感性にとてもよく合って、たくさん学校音楽教育に取り入れられたりしました。〈蛍の光〉などは有名ですよね。あの歌は今でもイギリスやスコットランドの酒場で歌えば、全員が喜んで合唱してくれるそうですよ。

日本とイギリス、同じように海に囲まれた緑多き島国であり、気候もそれほど極端には違いません。地域によってはとてもよく似たところもあるでしょう。そういう共通点が、同じような感性を育んでいるのかもしれませんね。

藍子がこっちに来てから教えられて皆が詳しく知りましたけど、マードックさんの家のあるオックスフォード市は、ロンドンの中心街を起点にするならば、車で一時間半ぐらいは掛かるという話でした。

東京ならどれぐらいの感じでしょうか。混雑具合や走る道路にもよるでしょうけれど、一時間半も高速道路を走るなら、かずみちゃんが暮らす老人ホームがある三浦半島には行けるでしょうか。それぐらいは、若い人ならそんなに遠くは感じないですよね。

「もうそろ着くわよ」

オックスフォード市カウリーのマーストン・ストリートです。

「きれいな街並みだよねー」

グーグルマップとか藍子からの写真や動画で、研人たちも何度も見ていますが、実際に来るとやはり印象がまた違います。

レンガ積みの同じような形の家が建ち並ぶ雰囲気のある美しい通りなのですが、モンゴメリー家は、その中にあって少し大きめで、同じくレンガ造りですが白いペンキで外壁が塗られています。

中は三階建てで、三階はたぶん日本でいうところの屋根裏部屋という感じなのでしょうか。

この家は、元々はマードックさんのお母さん、メアリーさんの生家で、マードックさんにしてみるとグランパとグランマ、母方のお祖父《じい》様とお祖母《ばあ》様の家ということになりますね。

マードックさんのご両親は一度離婚していますからね。その際に一時期お母さんとマードックさんはここで暮らしました。その後再婚してからしばらくはご夫婦で別の町に住んでいましたが、またこの家に戻ってきたのです。

グランパとグランマは今はもうお亡くなりになっていて、お父さんであるウェスさんとお母さんのメアリーさん、そしてマードックさんと藍子の四人暮らしということになります。

「いい家ですね！」

車を降りて、甘利くんが嬉しそうに言います。この辺りの家にはほとんど前庭がないのですが、裏庭があって本当に良い風情のお宅です。

地続きの隣の家は元々はお祖母様のお兄さん、マードックさんにしてみると大伯父にあたる方が暮らしていた家だったそうですが、今は一階をマードックさんと藍子がアトリエとして使っています。そこの二階で研人たちが寝泊まりできるのですよね。

「けんとくん！　がなとさん！　あまりくんわたなべくん！」

マードックさんが玄関から腕を広げながら満面の笑みで出てきました。白いシャツにベージュのパンツ。日本にいるときとまったく変わらない出《い》で立《た》ちですね。

「久しぶりー、なんだけどそんな感じしないよね」

「そうですね。かおはちょくちょくみていますからね」

一週間に数回ネットでお互いの顔を見ながら話していますからね。かんなちゃん鈴花ちゃんたちもiPadを使って自分たちでできるものだから、よく喋っていましたよ。

「にもつ、そのままむこうのいえにもっていきましょう。これ、いえのかぎです。うらからはいったほうが、べんりなんです」

マードックさんが先に立ってそのまま家の裏に向かっていきます。

「お腹《なか》空いたでしょ。すぐ朝ご飯にするから、荷物を置いたら寝ないでこっちのキッチンに来てね。時差ボケしちゃうわよ。お父さんはこっちね」

藍子が我南人を呼びながら家の中に入っていきました。そうですね、我南人は慣れているでしょうけれど、研人は二度目、甘利くん渡辺くんは初めての海外です。でも、若いからきっと大丈夫ですよね。

アトリエの家に裏から入るとすぐそこに階段があって、二階へ上がっていきます。

「へやはみっつありますから、ひとりひとへや、つかえますよ。bathroom、kitchen はしたです」

「わ、けっこう広いじゃん」

日本で言う、六畳間ぐらいでしょうか。板張りの床に壁紙は三部屋全部違いますが、どこも渋い色合いですね。

「bed も desk もあるし、なんにちでもとまっていけるでしょう?」

「もう完璧」

「ありがとうございます。すっごくいい部屋です」

荷物を置いて、渡辺くんも甘利くんも廊下に出てきて言います。

「にもつ、かたづけてから、あさごはんにしますか？」

「いや、片づけるものなんか何にもないからいいよ。朝ご飯食べよう。お腹空いたよ。ウェスじいちゃんとメアリーばあちゃんに挨拶もしたいし」

そうしましょう。わたしも久しぶりにお二人にお会いしたいです。画面越しではなく。

「うらぐちからそのままあっちのうらぐちへいけます。はいると kitchen ですよ。よるはかぎをしめちゃいますから、よるにあっちのいえへくるときにはあいこさんかぼくのスマホにれんらくしてください。むこうはでんわのおともすっごくちいさくしてるし、doorbell もほとんどきこえないぐらいです」

「あ、それはあれですか。メアリーさんのためにですか？」

階段を下りながら甘利くんが訊きます。

「そうです。おおきなおとや、でんわのおとなんかが、ちょっとびっくりしちゃうんですよね。みえていればいいんですけど」

「見えていれば？」

「おおきなおとがするぞ！　と、わかっていればへいきです。たとえばじぶんでおさらをおとしてわっちゃうとか」

「なるほど、あ、そうだ僕らのスマホの番号」

皆で歩きながら番号を交換しています。大きな音が駄目なのはよくわかりますよ。わたしも年取ってからは、ふいに大きな音がすると文字通り心臓が止まりそうなぐらい驚くようになりました。かくいうわたしも実は心臓が弱っていたのですよね。研人たちは知らないでしょうけれど。

「ここの通り、マーストン・ストリート？　住宅ばっかりだったよね。買い物とかはどうするの。コンビニみたいなのは？」

「すぐちかくのCowley Road《カウリーロード》にたくさんありますよ」

研人は通ってきたのに気づかなかったんですかね。

スーパーマーケットやたくさんの食べ物屋さん、古着屋さん自転車屋さんなどお店が建ち並んでいましたよ。

それに前に藍子から聞きましたけれど、その反対側には大学のラグビークラブの大きなグラウンド、さらにその向こうには自然公園があったりするのです。

緑豊かであり落ち着いた雰囲気で、暮らすには便利でとてもいいところなのではないでしょうか。

「ミッキーだ！」

裏口のドアが開いて、犬のミッキーが尻尾を振って研人たちに飛びついていきました。

モンゴメリー家の愛犬、ダルメシアンのミッキーです。

人が大好きで番犬にはまったくならないと言っていましたけど、初めて会う甘利くんと渡辺くんにも尻尾を振って挨拶していますよ。本当に人懐こい犬ですね。甘利くんも渡辺くんも動物好きですから、良かったですね。わたしにはどうかなと思いましたが、何の反応もしませんね。

裏口からモンゴメリー家に入ると、そこはもうキッチン。ウェスさんとメアリーさんはダイニングのテーブルについていました。我南人もいましたね。

『ケント！　よく来たな』

『じいちゃん！　ばあちゃん！』

二人とも大喜びしています。お元気そうですね。

『甘利大《だい》です』

『渡辺三蔵《さんぞう》です。どうぞよろしくお願いします』

『知ってるとも！　〈TOKYO BANDWAGON〉のドラムとベースだ。何度も聴いているよ。ほとんど毎日聴いてる』

「にほんごでいいわよ？　すこしはできるから」

マードックさんの影響で二人とも日本が大好きです。そして日本語も簡単な日常会話ぐらいはできるのですよね。藍子も英語はかなり上達したようですけれど、普段は英語と日本語のちゃんぽんで過ごしているとか。

『いや、英語の練習したいから、英語にしてよ』

『そうか。世界に出て行くんだもんな〈TOKYO BANDWAGON〉は』

ウェスさんが言うと、その通り、と、三人とも頷きます。実はウェスさん、学生時代はジャズを少しやっていたそうですよ。ウッドベースを弾いていたとか。もう何十年もやっていませんけれど、音楽を聴くのは大好きなんです。

『あまりおもてなしはできないけれど、自由に、くつろいで過ごしてちょうだいね。自分たちの家だと思っていいから』

『ありがとうございます』

『あ、これうちの親たちからなんですけど』

渡辺くん、甘利くんが持ってきた日本茶などを渡します。好きでよく飲むのは藍子から聞いていましたからね。

『食費とかも全部持ってきてくれたんです』

『そんなの気を遣わなくていいのにねぇ』

本当は日本の美味しいものを持ってきたかったのですが、持ち込み禁止のものがたくさんありますからね。

それに日本の食品ならロンドンでもたくさん売っているそうですから、むしろお金を持たせてこちらで買って食べてもらった方が無難というものです。研人は亜美さんともそういう話をしていましたよね。藍子と一緒に買い物に出かけて、いろいろ買い込んで藍子に作ってもらって皆で食べなさいと。

我が家の皆の様子はどうだとか、かんなちゃん鈴花ちゃんにもいつか来てもらいたいとか、話に花が咲きます。

『さぁ、そろそろ朝ご飯にしましょう』

マードックさんが言って、ウェスさんも頷きます。

『私たちはもう済ませたんだ。皆でゆっくり食べなさい』

ウェスさんとメアリーさんは朝ご飯をいつも自分たちの部屋のベッドの上でゆっくり食べるのだそうです。なので、こちらにいる間の朝ご飯はこの六人で食べることになるのですね。テーブルも六人なら余裕ですね。

『普段は向こうの部屋にいるから、いつでも来ていいわよ。後でまたゆっくりお話ししましょうね』

メアリーさんがそう言って、ウェスさんが少し手を貸すようにして、静かに歩いて自分たちの部屋に向かいます。ミッキーもその後をついていきます。キッチンの隣が居間なのですが、その隣の裏庭に面したベランダのある部屋が、二人の寝室兼、いつも過ごしている部屋なのですよね。テレビや小さな台所もあって、全部そこで済ませてしまえるのです。

『いつも通りに過ごすことがいいんですよ』

マードックさんが二人を見送って言います。

『じゃあ、あまりお邪魔しない方がいいね』

『そんなことないですよ。でも、スタジオに籠りっぱなしになるだろうから、話は晩ご飯のときにゆっくりしましょう。しばらくいるんだし』

『そうだね』

わたしにも経験がありますが、年寄りは孫たちの相手をするのは嬉しく楽しいのですが、若いエネルギーに当てられてすぐに疲れてしまうのですよ。

研人などは、普段我が家で勘一と過ごしているように、顔を合わせたときにあれこれと楽しく話すぐらいでいいんですよ。

朝ご飯はいつもはこんなに作らないけれど、と、マードックさんと藍子がたくさん用意していました。

厚切りのトーストに、これも厚切りのハムを二枚一緒に焼いて。コーンビーフを混ぜ合わせたハッシュドポテト。マカロニサラダにはリンゴも入っています。野菜がたくさん入ったサラダに、バナナとヨーグルト。いちじくなどの手作りジャムもいくつも並んでいます。

『旨そうだ！』

藍子と研人が並んで座って、その向かいに甘利くんと渡辺くん、日本で言う上座と向かいに我南人とマードックさんですか。誰が言うでもなく自然とそんなふうに座りました。皆で揃って、いただきます、です。

「ひさしぶりに、たくさんでごはんですね」

『マードックさん、英語英語』

『あぁ、そうでした。何だか嬉しくて日本語に戻っちゃいました』

『人数が少ないって良いよね。落ち着いてゆっくり食べられて』

『いや、多いよ。うちなんか三人だからね』

『うちは四人』

六人は一般的には多いでしょうけれど、堀田家の朝食は勘一に我南人、紺に亜美さん、青にすずみさん、研人に花陽に芽莉依ちゃん、そしてかんなちゃん鈴花ちゃん、美登里さん。それに藤島さんを加えれば、多いときには十三人いますからね。考えると本当に人数が多いです。毎日毎日その人数でご飯を食べている研人にしてみると、六人は確かに少ないぐらいですよね。

『ミッキーの散歩って僕らもできます？』

『できますよ。でも朝は早くていつも父さんがやっているから、夜の散歩かな』

『お父さん、アルバム制作のスケジュールはどんな感じなの？』

『スタジオは丸々一ヶ月使えるんだよねぇ。今日はゆっくり休んで体調や気分を整えてえ、明日はスタジオに見学に行くよぉ。しあさってからスタジオに入って、まずは研人たち三人で曲の仕上げだねぇ。それが一週間ぐらいかなぁ』

我南人も英語で喋っていますが、どうしてこの男は英語でも日本語のあのような話し方ができるんでしょう。しかもきちんと英語として通じるから不思議です。

『そうだねー』

もう曲は出来上がっているということですから、どんなアレンジにするか、構成をどうするかという話し合いと練習でしょう。我南人もプロデューサーとして来たんですから、当然アレンジなどで参加しますよね。

『それから、ミキシングの人たちにも入ってもらって、デモ作りで一週間、そして本番で一週間だよね』

『そおぉだねぇ。あとはもろもろの余裕を見てぇもう一週間かなぁ。上手くいけばもっと早く出来上がるけどねぇ』

合計四週間ですね。一ヶ月の期間を丸々使うということになりますか。

『僕たちも、様子を見に行っていいですか？　キースさんのスタジオに行けるなんて機会は滅多にないですから』

『全然いいよ。いつでも来てよ、ってまだオレも行ってないのに』

『研人の持ち物でもないのに』

皆で笑います。

『お父さんは行ったことあるのよね？』

『あるよぉ。十分に広いからねぇ。マードックちゃんと藍子が来て普通に見学していても大丈夫だよぉ』

『キースさんにお礼とか持っていかなくていいのかしら？　お好きなお酒とかあったら差し入れにでも』

『いいよぉ。あ、キースは日本食も大好きだからねぇ。きっとアルバム完成したら打ち上げあるからぁ、そのときに藍子がご飯でも作ってあげたら喜ぶよぉお』

それは良いですね。

藍子ばかりが忙しい思いをしちゃいますけれど、マードックさんもお料理は上手ですからきっと手伝ってくれるでしょう。

『研人くんたち、今日はこれからどうしましょうか。時差ボケ対策で寝ない方がいいけれど、どこかへ行きますか？　僕も今日は大学へは行かないから、観光案内とかできますよ』

そうだなぁ、と研人たちが考えます。

『僕はねぇえ、まずは一休みするよぉ、これでも年寄りだしぃ。時差ボケとかしたことないからねぇ。スタジオに入るまでは好きにやるから気にしないでぇ』

この男はどこへ行っても自分の好きなように動きます。イギリスにも慣れていますから、放っておいても大丈夫でしょう。

『ロンドン観光もしたいよね』

『ピカデリー・サーカスとか、ビッグ・ベンとか』

『アビー・ロードも』

甘利くんと渡辺くんは、初めてのイギリスですからね。アビー・ロードというのはもちろんわたしも知っていますが、かのビートルズの縁《ゆかり》のところですよね。

『ロンドンはスタジオの方が近いからぁ、レコーディングに入ってからだっていつでも行けるよぉ。今日はゆっくりとオックスフォードを回ったらぁ？　ここもけっこう観光できるよぉ』

『そうね、教会とか、映画にも使われている古い大学とかいくつもあるし』

藍子が言います。大学がたくさんある大学都市ですからそういうのも多いのでしょう。そういえば、どこかの大学があの有名な魔法使いの映画のロケ地になっていると前に聞きましたよ。

『しばらく過ごすんだから、近所もあちこち回ろうぜ。俺らだけで行ってここまで帰ってこられるように』

甘利くんです。甘利くんはルックスはちょっと子供っぽく、研人たちの言葉で言うとチャラい感じがする男の子ですけれど、ものすごく甘えん坊で慎重派なんですよね。見た目は大人っぽいのに、実はものすごく大胆だという渡辺くんとは良いコンビなんです。

『そうだね』

『あ、マードックさんと藍ちゃんの絵が置いてあるギャラリーとか美術館行ってみようよ。この辺は美術館も多いんでしょ？』

あぁ、と、マードックさん頷きます。

『じゃあ、行ってみましょう。友達のケネスがやっているギャラリーがオックスフォードにもあるんです。〈M・アート・ギャラリー〉』

『そこにも私たちの作品があるのよ』

それは良いですね。わたしも一緒についていって、観てみたいです。

『ちょうど今日はケネスもいるはずです』

『あ、それなら僕も後で合流するよぉ。まだ観てなかったからねぇ』

決まりですね。

＊

キースさんに貰った車に五人で乗り込んであちこち回ってお昼過ぎ。お昼ご飯を近所で食べようと、のんびりと歩いて近くのインド料理のお店で食べてから、ギャラリーに行ってみることにしました。

十分も掛からなかったですね。オックスフォードの中心部からほど近い、川を渡ってすぐの入り組んだ路地の奥、レンガ造りのまるで倉庫のような建物が〈M・アート・ギャラリー〉でした。

実際倉庫だったのでしょうね。とても大きくて、高い天井から大きな布のような作品が垂れ下がっていたりします。

『ここは現代美術とかも扱ってるんですね』

渡辺くんが言います。渡辺くんは三人の中でも特にアート関係が大好きなんですよね。絵もとても上手だって前から聞いていました。音楽をやっていなかったら美術部に入ろうと思っていたそうです。わたしの見たところでは、三人の中でいちばんいろんなもののセンスがいいですよね。

『そうなの。もちろん近代絵画や古典も扱うけれど、隣の棟がそっち方面で、こちらは主にコンテンポラリーアートからモダンアートね』

『やべぇその違いが全然わからん』

　甘利くんが笑います。

『違いなんかそんなにないと思っていいですよ。たとえれば、昭和のものか平成のものか、ぐらいですよ』

　マードックさんが言います。結局は同じ美術ですからね。音楽と同じで時代が変われば同じロックも色合いが変わってくるようなものでしょう。

『カッコいいところだねぇ』

　いきなり声がしたと思ったら、我南人です。ここで合流しようと話していましたが、いつの間に現れたのですか。でも慣れてますからね。皆もそのまま、うんうんと頷いています。

『お父さん、車で来たの？』

『タクシーを拾ったよぉお。ここ、いいねぇ。ライブでもできそうだねぇ』

『あ、実際にやったことありますよ。現代環境音楽でしたけど、周りに家がないのでロックだってやれると思います』

『いいよね。オレらのライブできないかな』

『ケネスに話してみましょうか』

奥にある鉄製のドアが開いたと思ったら、中からスーツ姿の男性が出てきて、こちらに向かって笑顔で軽く手を上げました。

どうやらあの方がマードックさんの同級生で、ここの経営者だというケネス・カーライルさんですかね。

『マードック！　アイコ！　どうしたんだ今日は？』

グレイの髪色、黒縁の眼鏡にピンストライプの紺色のスーツに渋い花柄のネクタイ、革靴がきれいに磨かれていていかにもセンスのあるギャラリーのオーナーという感じです。

でも、弁護士さんでもあるのですよね。スマートな英国紳士という雰囲気もあって、太ってはいませんが少しばかり全体に丸い印象のあるマードックさんとはほとんど正反対の印象です。

『二人のお客様かな？　いらっしゃいませようこそ』

『ケネス、こちらは僕の義父、つまり藍子さんのお父さんの堀田我南人さんだ。日本のロックのレジェンドだよ』

『あぁ！』

ケネスさん、一瞬驚いていましたけどすぐに笑顔になって手を伸ばします。

『初めまして。画商をやっておりますケネス・カーライルです。アイコさんにはいつもお世話になっています』

『こちらこそねぇ。マードックちゃんと二人でお世話になっているみたいでぇ。ありがとうねぇえ』

本当にお世話になっているようですからね。もっときちんとお礼をしてほしいぐらいですけれど。

『それから、聴かせているよね？　藍子さんの甥《おい》っ子の研人くんと、〈TOKYO BAND WAGON〉のメンバー。甘利くんと渡辺くんだ。皆、今日、日本から着いたんだ』

『今日ですか？』

ケネスさん、皆を見つめて少しばかり表情を変えましたが、すぐに笑顔に戻りました。

『それは、ようこそいらっしゃいました。マードック、皆さんが来るって教えてくれていたら歓迎会の準備をしたのに』

『いや、急に決まったんだよ。〈TOKYO BANDWAGON〉がロンドンでフルアルバムのレコーディングをすることになって』

『レコーディング！　それは素晴らしいことですね。それでは、皆さんはしばらくマードックの家にご滞在を？』

そう、と、皆が頷きます。

『そうですか』

にこやかに微笑みながらケネスさん、皆の顔を見回します。

『ではぜひ歓迎会をやりましょう、と言ってもすぐにスタジオ録音の方で忙しくなるのですね？　私もここ二、三日は少々忙しくて動けませんので、後からでも』

いえいえ、と、藍子が軽く首を横に振ります。

『そんなことしないでも。そのうちにまたケネスの都合の良いときにうちで皆で晩ご飯を食べましょう』

『ぜひ！　マードックがアイコさんと戻ってきてくれて私は本当に毎日が楽しく嬉しくて。私は毎晩でもモンゴメリー家に通ってアイコさんの手料理を食べたいぐらいなんですよ』

『よく来るんですよこいつは。ここからロンドンへ戻る途中で、お腹が空いたからってご飯を食べに来てそのまま泊まったり』

マードックさん、笑いながら言います。

『本当に、日本食が美味しくて美味しくてしょうがないのです。ケントくんなどはお家《うち》でいつもアイコさんのご飯を食べていたんですね？　美味しいですよね！』

『あー』

研人が、藍子を見て少し考えましたね。

『藍ちゃん、そんなに料理上手だっけ？』

『あら！』

笑います。

我が家では女性陣が皆で寄ってたかって作りますから、誰が何を作ったかなんて普段は気にも留めませんよね。

でも、ケネスさんは我が家の近くに引っ越してきた頃のマードックさんみたいですね。よく我が家に通っては、何かしら食べていってましたよね。

そうですよ、日本食は美味しい、藍子さんや亜美さんの作るものは何でも美味しいと言っていましたっけね。

『ケネスさん、マードックさんや伯母の作品を観に来たんだけど、あっち？』

研人が訊きます。何だかもう既に英会話が様になっていますね。大したものです。

『そうです。お二人の作品は向こうの棟に展示してあります。こちらに置いてもいいのですけれど、こちらは良い意味で雑然としているのがコンセプトですからね。向こうの方が落ち着いて観られるのですよ』

ケネスさんが先に立って案内してくれました。短い連絡通路のようなところを通って隣に入ると、なるほどこちらはほぼ絵画ばかりで、落ち着いた雰囲気です。かなりたくさんの絵が並んでいますね。

『こちらがマードックの描いた日本画。あちらにアイコさんの絵。どちらももう売約済みですけど、次作が出来上がるまで飾らせてもらっているんですよ」

『へー、売れてるんだ』

『売れてますよ』

ケネスさん、作品を見つめて言います。

『幼馴染みというのを抜きにして、マードックの絵には魅力があります。確かに、とんでもない才能で世界を席巻《せっけん》するようなものではないかもしれませんが、誰もがある種の郷愁を感じて、部屋にそっと置いておきたくなるものです』

うん、と、研人は頷きましたね。それはもう、小さい頃からずっとマードックさんの作品を観てきた研人ならわかっていますよね。

『アイコさんもそうです。同じように現代美術においてエポックメーカーとなるようなアーティストとはまだ言えませんが、甥っ子さんならわかるでしょう？　彼女の持つ人間的な魅力がそのまま絵に表れ、その前で思わず深呼吸をしたくなるような佇まいを持つ絵です』

『わー、なるほど』

藍子の絵の前で研人も渡辺くんも甘利くんも感心していますね。

『そうやって絵の持つ魅力をきちんと伝えられるんですね。スゴイですねケネスさん』

『さすが、画商ですね』

『感動した。オレ、絵よりケネスさんの言葉に』

いやいや、と、ケネスさん少し照れていますね。

『じゃあマードック、ちょっと出なきゃならないので』

『うん、ありがとう』

『皆さん、ゆっくり観ていってください。あ、もしも気に入ったものがありましたらぜひお買い上げを。お安くしますし、さらに日本への輸送費はタダにしておきますよ』

ケネスさんがニコッと悪戯《いたずら》っぽく微笑み、軽く手を振って足早に歩いていきました。

『何だかさぁ、マードックさんとまるで違う感じの、まさにイギリス紳士って感じじゃない？』

研人が言います。確かにまるでタイプは違いますね。

『良い奴なんですよ。子供の頃からです』

『本当に、よくしてくれるの』

藍子です。

『こっちに来て、すぐに馴染めたのも彼がいたからかもしれない。マードックさんの講師の口を見つけてくれたり、一緒にいてお義父さんやお義母さんを楽しませてくれたり』

そうでしたか。確かにいくら愛するマードックさんと一緒とはいえ、いきなり外国での義父母との暮らしですから。藍子は芯の強い子ですけれども、気遣ったり慣れないことばかりで大変ですよね。

ケネスさんはマードックさんの幼馴染みですから、ウェスさんとメアリーさんのことも子供の頃から知っているんですよね。そういう人が一人いてくれたら随分と場も和むし、助かることも多かったのでしょう。

良かったですよね。

2　ジュン・ヤマノウエ

秘密でも何でもないけど、そして親しい友人たちは私の職場がヤードで、事務官をやってるって知ってはいるけれど、どんな部署でどんな名前なのかは知らないし私も積極的には教えない。

〈美術骨董盗難特捜班〉。

そもそも長ったらしいので覚える気にもならないだろうけど。

総務部の事務職だったら一般の企業にだってあるから、仕事はわかりやすいと思うんだ。警察だってボールペンにコピー用紙にクリップなどなど事務用品を使う。むしろ普通の会社よりも使う量は多いかもしれない。そういうものは誰かがきちんと管理して用意しないといけなくて、願ったら降ってくるわけじゃない。

警察の総務部の事務官たちも、一般企業の総務と同じ。現場の捜査を行う捜査官たちが円滑にかつノーストレスで仕事ができるように様々な身の回りの仕事をしている。

ときどき総務ってナニーみたいだって思う。ナニーは、子供たちのご飯を作ったり洗濯をしたり掃除をしたりする。総務は、保険やら休みやらで捜査官たちの健康を気遣い、装備品はきちんとしているかをチェックして、トイレや休憩室や廊下の掃除はきちんとできているかを管理して、皆を捜査に行ってらっしゃいと送り出す。

重要な仕事をしているのだ、事務官たちも。事務官たちがきちんとした仕事をしているからこそ、犯罪者逮捕にも繋がっていく。ロンドン市の平和が保たれていく。

でも、私の仕事は、ちょっと違う。違うから説明しづらい。

そりゃあ、コピー機にコピー用紙がちゃんと入っているかチェックしたり、備品の管理をしたり、秘書的な仕事も兼ねるからボスであるロイド警部補のスケジュール管理をしたり、健康を気遣ったり美味しいお茶を自ら淹《い》れてあげたりもするけれど。

失われた美術品を常に探している。

盗まれた美術品でまったく世に出てこないものはいったいどこにあるのかを、調べる。

それは確かに捜査の一環ではあるけれども、足で稼ぐわけじゃないから捜査じゃなくデスクワークであり特捜班では事務官の仕事になる。足で稼ぐのは、捜査官であるロイド警部補と潜入担当のメルヴィンだ。

私は、文字通りの事務仕事がないときには、常にネットでアート関係の情報を集めているんだ。イギリス国内だけじゃなくて、世界中の。ヨーロッパを始めアメリカもアジアも、もちろん日本も。

表立って上がってくる普通のニュース、各国美術館の展示スケジュールだけじゃなくて、SNSの中にある美術館員やキュレーターたち、画商や美術家たちの極めて個人的な情報もチェックする。もちろん、アートに関するものだけだけど。

私が採用されたのは、英語は当たり前として、フランス語もドイツ語もそして日本語もできるっていうのが大きかったみたい。

アートの世界では、日本は大きなマーケットになりつつある。日本語ができれば、情報収集には大いなる力になるんだ。

読み書きはちょっと苦手なんだけどね。難しい漢字になると読めなくなったりするけど、そこは辞書を駆使して。

ブラック・マーケットの実態は本当に摑めない。

マフィアやギャングやヤクザや各国のいろんな犯罪組織が入り乱れているし、そこに各国の富裕層が絡んできたり、富裕層が雇う一般人もいるし、さらにはアーティスト本人たちが知らないうちに関わってきたりもする。

ごく普通の美術館が本物だと思って展示していた絵画が実は贋作《がんさく》で、それを描いた画家はブラック・マーケットとは知らずに頼まれてただ模写をしただけ、なんてこともある。

だから、各国の美術館や博物館の展示をチェックするのも重要な仕事。

わかっていないうちに、贋作を展示しちゃったりすることもあるんだ。その贋作を見つけて、跡を辿っていけばブラック・マーケットに当たたって失われた名画を取り返せたりすることもある。

でも、チェックしているうちについつい普通に美術館のサイトでネット公開中の展示物を観つづけてしまって、気づけば午前中が終わってるなんてこともあったりなかったりなんだけど。

『あ』

監視カメラコントロールセンターからのコールサインあり。

『警部補、ナイトたちから連絡入っていますが私が聞いていいですか』

『よろしく』

もう今日の仕事が何もない警部補は、ソファに寝っ転がりながら分厚い資料を読み込んでいる。

『俺がパブに寄っている映像があるぞって脅しだったら放《ほ》っとけと言ってくれ』

『了解です』

監視カメラによる監視は、何も犯罪者だけが対象なわけじゃない。万人に平等にそのカメラの視線が日々降り注いでいるんだ。

ロンドン市内の監視カメラは、民間のも行政のも合わせて既に数百万台があるって話。

数百万台。

とんでもない数だと思うし、実際ロンドンの街を歩くだけで一般の人々が一日三百回は撮影されているという統計もあるんだ。私も、監視カメラに映る自分の姿を何度も見たことがある。

ニュー・スコットランドヤード内で場所は公にされていない監視カメラコントロールセンターでは、三十台以上のモニターが並んで市内各地区から送られてくる監視カメラ映像を監視員とコンピュータが常時モニターしている。もちろん、コントロールセンターはここだけじゃなくて、各地区の警察署に監視カメラセンターがあって、そこからもここに集約的に映像データが送られてくるの。

交通関係のトラブルなんていうのは、あっという間に見つかって監視員から直接交通部隊に連絡されて、違反をしたと思ったらもう次の瞬間にはパトカーがやってきて捕まっていると言われるぐらい。

その監視員の一人、ナイトAから、〈美術骨董盗難特捜班〉に連絡あり。

もちろん、コードネーム。

同じ警察で働く仲間なのに、本名は知らないし聞いたこともないし訊けない。他にもナイトBとナイトCとDとEとFと、まだまだいるんだ。大体常に十五、六人はいるみたい。公正と公平を期すために、そして情報を漏らさないために監視員はまるでSIS、英国秘密情報部のエージェント並みの機密保持待遇にされている。

『はい、〈美術骨董盗難特捜班〉』

（監視カメラコントロールセンターのナイトAだ）

いつものように、身元がわからないように変換された声。

『お久しぶりナイトA』

（ついでにナイトFもいるぞ）

『あら、どうも』

（今日の〈美術骨董盗難特捜班〉のウエスト・ハム墓地近くでの行動案件は事前に消しておかなくていいのか？）

『いいです。通常案件ですから放っておいてください』

本当にもう何でも映ってしまっている。まぁそもそも警察車両で走っているからどこにいるかは当然のようにわかるんだけれども、もしも秘匿案件なら、事前に消してもらうことがある。

不正とかミスを隠すんじゃなくて、その映像が残ってしまってどこかに漏れたら誰も得をしない場合に限ってだけど。何せ、私たちが扱うものは下手したら一億ポンドが動くこともあるんだから。

今回は消してもいいけれども、どうせ放っておけばそのうちに消去される。でも最近はクラウドとかものすごく容量が増えてきて何年間も保管されるようになってるって話もあるんだけど。

あ、そうだ。

『私たちと一緒にいた黒のワンボックスも把握していた？』

一応、訊いておこう。

〈把握してるよ。いつも依頼している〈協力者〉のドライバーの車だろう？〉

『そう、その車が墓地から向かった先を追える？』

〈ちょっと待て。さっき念のために捕捉クリップしておいたんだ。あぁ、これこれ。〈グリーナス美術館〉に行ったな。そこで荷物を下ろしていった〉

『ありがとう。確認したかっただけ』

その後で警部補には連絡が来ていたし、〈グリーナス美術館〉からも連絡はあったけど一応確認。トラブルの種になりそうなものはきちんと消すようにしておかないと。

（あぁ、それはいいけど、君がロイド警部補と帰りにパン屋に寄って買い物したのも、放っておいていいのか？）

お互いに笑ってしまった。

『美味しかったですよ。特にミートパイが絶品でした。あとオレンジピールの入ったスコーンがめっちゃ美味しかったです。しっとり加減が最高でアールグレイによく合います』

（よだれが出てきた。スコーン大好きなんだ。今度一緒に食べに行かないか。良い店を知ってる）

『ナイトAよね？　あなたが本名と顔写真を私の iPhone に送ってくれたら一緒に行ってもいいわ』

笑った。どうせ私個人の電話番号もすぐに調べられるんでしょう彼らなら。もう知ってるのかもしれないし。

（よし、じゃあまた今度にする）

向こうは私の顔どころか全身の映像をしょっちゅう見ているのに、こっちが何も知らないっていうのは本当に不公平よね。

（忘れるところだった。こっちが本当の連絡だ。そちらからのリストメンバーが監視地

域に来ていたのを発見したので送っておくよ。ロイド警部補によろしく)

『ありがとう』

さっさとそれを言ってくださいよって話ですね。監視員たちは無言でモニターを見ているから、電話で誰かと会話するのに飢えてるんですってね。でもその気持ちはちょっとわかるかも。

送られてきたファイルを開く。

監視地域は、ヒースロー空港だ。

『ロイド警部補。リストメンバーの顔認証確認記録が、監視カメラコントロールセンターから上がってきてます。場所はヒースロー空港です』

『おっ、誰だ』

ソファに寝っ転がっていた警部補が起き上がって、私の向かい側の自分のデスクに座った。ディスプレイを見る。

『チャップマンか。ディック・チャップマンだな』

『一致率が九十七パーセントなので間違いないかと』

ディスプレイには空港を歩く男の姿。帽子とサングラスをしているけれど、正面から撮られているので顔認証で十分チェックできた。

ディック・チャップマンは過去に絵画のブラック・マーケット側の交渉人として上が

ってきた人物。

仕事は、弁理士。今までに三度、交渉人としてブラック・マーケットからの連絡を私たちに繫いできたけれども、一度も絵画の受け渡しには関与できなかった。つまり成功しなかった。それはもちろん交渉人たるチャップマンのせいではなくて、ブラック・マーケット側が何らかの理由でチャップマンに連絡係を任せられないと一方的に彼を切ったわけだけど。

『空港か』

ディック・チャップマンはヨーロッパ弁理士資格も持っているから、飛行機でどこかの国へ行って仕事をして帰ってくること自体は全然おかしくないし、何かを疑われるようなことではないんだけれど。

過去三度、彼がイギリス国外で仕事をしてきた後には必ず〈交渉人〉としての役割を持たされてきてるんだ。

そういう意味では、いろいろ疑われてもしょうがない。

『普通の仕事なら、商売繁盛で良かったね、と済ませられるんですけれど』

『そうあってほしいが、そうでなくても闇に沈んだ名画が浮かび上がってくるんだったらけっこうなことだ。どこへ行って帰ってきたのか至急調べてくれ』

『今、頼んでいます。直接当たれないので明日になるかもしれませんね』

捜査でないところで職権を使って人のプライベートを調べるのは、違法。建前だけど、特に大金が裏側で動くような案件を扱っている私たちは気をつけないといけない。

『それはまぁいいさ』

『今どこにいるか捜してみますか？　そのままナイトAたちに頼んでおけば捜してくれますよ』

監視カメラの監視部隊っていうのは常にディスプレイを見ているように思われるけれど、ほとんどコンピュータのプログラムや最新のＡＩ技術がやってくれるから、実はけっこう暇っていうか、ある程度はのんびりとできるらしい。もちろんそうでなければずっとモニターを見つめている過酷な仕事になってしまうと思うけれど。そしてのんびりできるから、私たちがパン屋さんに寄ったことまで言ってくるんだろうけど。

警部補がちょっと首を捻《ひね》った。

『いや、どこに行ってきたかがわかってからでいい。メルヴィンにコールしておいてくれ。チャップマンに関する噂がブラック・マーケットで上がっていたら教えてくれと』

『了解です』

一度も会ったことのないメルヴィン捜査官にメールを送る。もちろんこのメールも私たちからではなく、友人からのメールを装っている。

『警部補はメルヴィン捜査官に会ったことあるんですか？』

うん？　って顔をして私を見た。

『あるぞ。ジュンは会ったことなかったか？』

『ないんです』

『そうか、奴はこっちで潜入に入る前は、けっこう本部にも来ていたんだけどな。そういや』

可笑《おか》しそうに笑った。

『なんです？』

『言ってなかったと思うが、以前あいつがＳＩＳの仕事で、とある日本人に会ったそうだ』

『日本人』

『トウキョウからやってきた八十を越えるご老人だったそうなんだがな。メルヴィンはそこでヘタを打ってそのご老人を怒らせて一本背負いを食らったそうだぞ。しかも場所はチャーリング・クロスの古本屋だ』

古本屋で一本背負い。

『そのご老人はジュードーのマスターか何かですか』

いくらメルヴィンが一般職の捜査官でも、それなりの訓練は受けているはずなのに。

そして古本屋で日本人の老人に一本背負い食らうって、どうやったらそんなわけのわからない楽しそうなことに巻き込まれるのか全然想像がつかない。

『一本背負いってジュードーでも難しい技なんですよね？』

全然詳しくはないけれども、オリンピックのジュードーとかはよく見てる。すっごく興奮する。

『わからんけど尻をしこたま打ってな。しばらくの間は尻が痛くて泣いていたそうだぞメルヴィンは』

『意外と楽しそうな人なんですね。潜入なんて難しいことをしているわりには』

『まぁ潜入といっても、基本は美術商としてあちこち渡り歩いているだけだからな。麻薬捜査の潜入班みたいに危険なことはほぼない。実家がアンティークショップのあいつにだからこそできる仕事だ』

そう聞いている。

ひょっとしたら私がギャラリーで会った美術商とか、ショップのオーナーの中に変装したメルヴィンがいたかもしれないんだけど。

『その日本人のおじいさんは今もお元気なんでしょうかね』

『さてね。俺も詳しいことはまったくわからない。メルヴィンと顔を合わせることがあったら訊いてみるといい。あいつは女性には弱い』

女性に弱くて潜入は務まるのかしらって思うけれども。

『ディック・チャップマンか』

警部補がディスプレイを見ながら呟いた。

『できれば、また交渉人として上がってきてほしいですよね』

交渉人が出てくるということは、闇に埋もれた美術品がまた世に出てくるってことなんだから。

『チャップマンにしてみりゃ、嫌だろうけどな』

『わからないですけれど』

盗まれた絵画や美術品を元の持ち主に戻すための連絡を請け負う〈交渉人〉は、厳密には仕事じゃない。

ただ、ブラック・マーケットから勝手に〈交渉人〉として選ばれて、私たちや美術館や保険会社に連絡を取るだけの役割。お使いみたいなもの。

だから、本人にとっては正直いい迷惑なんだ。

連絡請け負いの〈交渉人〉になったからといって、ブラック・マーケットが要求する返還金、保険金の一部でも受け取ったことが警察にわかってしまったら、それは犯罪になってしまう。

だから、今までの例でもブラック・マーケットが選んでくる〈交渉人〉は、弁護士とか弁理士である場合がほとんど。法律を熟知していて、かつ守秘義務が遵守できて、その上お金を請求したら即刻資格を取り消されてしまうような人たち。

『いつも思うんですけれど、損な役割ですよね』

ただ危ない連中から連絡が来て、こっち側に連絡を繋げって半分脅されて走り回らされるだけの役割。

『損でもないんじゃないか、ってのが嫌なところだけどな。チャップマンにしたって取り引きが成立しなかったとはいえ、交渉の過程のどこかでブラック・マーケットから金を受け取っているかもわからん。まぁそんな大層な金額じゃないかもしれんが』

『それはそうですけれどね』

裏でギャラが支払われる場合だってあるかもしれない。それは私たちにはまったくわからないし、捜査もできない。少なくとも、保険会社から支払われる保険金は、表立ってはまったく〈交渉人〉には入らない。

得や利益があるとしたら、〈交渉人〉として見事に絵画をブラック・マーケットから救い出した、という名誉だけ。

でも、その名誉だけで、別のちゃんとした仕事が舞い込んできたりするんだ。新聞記事になって一躍ヒーローになった〈交渉人〉だって存在して、それで財を成した人はいたりするから。

『おっと、もう終わりだな。今日は真っ直ぐ帰るのか？』

『そのつもりでしたけれど』

えっ！　て。

一瞬だけどドキッとしてしまって晩ご飯でも誘ってくれるのかと思ったけれど、すぐに違うって思い直した。

そんなはずは、ない。

『じゃあ、よかったら送っていくぞ。今日は車で行くから』

私のアパートは、病院への途中にあるんだ。そしてその向こうに、娘さんと元奥さんのアパートがある。

『モニカちゃんですね』

こくん、と、頷いた。

離婚して別々に暮らしているものの、警部補の最愛の娘さん。まだ十歳なのに、病に倒れてしまった女の子。

そんな気がしていたんだけど、やっぱりアパートの前でバッタリと買い物帰りのハンナと会って、そしてロイド警部補とハンナが顔を合わせた。

絶対に、占いでわかっていたのよね。

それで、わざわざ私が着く頃に玄関先にいるようにして、顔を合わせるようにしたのよね。

本当にもう超能力だと思う。警部補はもちろん紳士だしお年寄りにも優しい人だから、きちんと車から降りてきてハンナに挨拶して、私のことをよくやってくれて助かっているって。必要な人だから、いろいろ無理させることもあるけれど、自分が責任持って預かりますからこれからもよろしくお願いしますなんて。

たとえ社交辞令でも責任持って預かりますからなんて、そんなふうに言われるのは嬉しいけれども！

病院へ向かっていく警部補の車を見送って、部屋に入り、着替えてすぐに二人で晩ご飯の支度。

『ハンナ、コールスロー作っておいたの味見して』

冷蔵庫から出してきて、さっと手に取ってパクン！　って勢いよく口に放り込んで。お行儀が悪いけれど、あの素早さを見るとまだまだ元気で大丈夫だっていつも思う。

今日の晩ご飯はビーフシチューにコールスロー。卵が大好きな私たちはポーチドエッグも作って、後からビーフシチューに入れる。

今日も一生懸命働いた。

『ロイド警部補』

いきなりハンナがその名前を言うの。

『なに？』

『彼は、フルネームは何だっけね』

ロイド・フォスターよ。

『やっぱり良い男よね。俳優にしてもいいような』

『何を言ってるのハンナ』

『いくつだっけねぇ？』

『四十四歳』

もう中年のおっさんです。警部補ですから。

『あなたより十五も上ね。かなり年上だけれども、でもまぁそれぐらいは、いいわよね。それぐらいは当たり前だった時代もあったのだし。あなたにはうるさく言う親もいないし』

『あのね、ハンナ。知っての通り彼は一度離婚しているの』

『そんなの別に構わないじゃない。離婚で人の価値が下がるわけでもなし』

今朝言ったことと全然違っているのはどうして。まぁ、特に間違ったことは言ってないですけどね。

『子供もいるの。モニカっていう可愛い女の子。十歳よ』

『その子は』

ビーフシチューにバゲットを浸して、口に運んでから言った。

『奥さんと暮らしているんでしょう？　今は完全に独り身』

知ってるんじゃないの。

『特に問題ないわよね。お互いに好き合っているんだったら』

ちょっと。お互いに好き合っているってどういうこと。

言ったら、ハンナが眼を細めた。

『あなたは、好きなんでしょう？　尊敬がいつの間にか愛情に変わっていったのね。それぐらいわかるわよ。私は、あなたをこの世でいちばん愛するお祖母ちゃんよ。あなたを毎日見ているんだからわかる』

恥ずかしくなってしまった。もうすぐ三十になるっていうのに頬が思いっきり赤くなってしまった。

『ロイドだって、あなたのことを悪く思っているはずないじゃない。もう相棒として働いて八年？　ちょうど離婚してからよね確か。ずっと毎日一緒であなたを見てきている。ロイドがあなたを見る眼を見ればわかるわよ。仕事ができる部下への思い以上の好意を持っているわよ』

ただし、ってハンナが肩を竦めた。

『その好意から、男と女の愛情へと向かうかどうかはわからないけどね。ロイドの娘さんには会ったことあるの？』

『あるわ』

まだ、病気になる前。本当に、本当に可愛らしい子。

『でも、病気になってしまったの』

『病気？』

スプーンを持つ手が止まった。それは知らなかったのね。

『テニスが大好きで、活発で可愛い女の子だったのよ。それが突然、三ヶ月ほど前に』

『どんな病気なの。治らないの？』

『脊髄をやられてしまって下半身不随に。今の医学ではどうしようもなくて、車椅子の生活になってしまったんですって』

何てこと、ってハンナの顔が悲しそうに歪んだ。

『それでなのね？　今もロイド警部補が足しげく向こうの家やらに通っているのは』

『そうよ』

別れたときから、警部補は養育費をずっと払っている。だからいつも金欠。その上今度は最愛の娘が、重い病になってしまった。

どうしてそんなことにって思ってしまう。優秀な警察官で、正義感に溢《あふ》れ、真摯に仕事に取り組んでいる人なのに。そりゃあかつては仕事にのめり込みすぎて幸せな結婚生活を奥様と送れなかったのだろうけれど。どうして神様は警部補に、その家族に試練ばかりを与えるんだろうって。

『そういう事情があったのね』

『警部補に会っても、余計なことなんか言わないでね』

私は、警部補の負担を少しでも軽くするために一緒にいるの。できるだけたくさんの案件を解決して、警部補が出世できるように。

少しでも、幸せが訪れてくれるように。


いつもの朝。

いつものようにハンナと一緒に朝ご飯を食べて、出勤。今日はパティには会わなかったから遅番かな。

空は曇ってる。そういえばここのところ雨が降っていなかったから、空気が乾燥していたような気がする。私は静電気体質だから、乾燥すると髪の毛まで帯電しちゃって嫌なのよね。

バスを降りたところで、携帯が鳴った。

あれ？　警部補から電話？

『おはようございます警部補』

（おはようジュン。今電話いいか）

『はい、ちょうどバスを降りたところで、もう間もなく本部に着きます』

（すまないが、班の車で、俺の家まで迎えに来てくれないか？）

迎え？

『誰をですか？』

（もちろん、俺だ）

ロイド警部補を？

『昨日は車で帰ったんじゃなかったんですか』

（一度本部に戻った。だから車は置いてある）

『そうでしたか。構いませんけれど、どうしました？』

（玄関先の階段で転んでな。足を挫《くじ》いちまった。痛くて歩けないんだ）

『え、大丈夫ですか？　そのまま病院に行くんですか？』

（いや、違う。今日はまっすぐオックスフォードに行くつもりだったんだが、悪いが運転して一緒に行ってくれるか）

オックスフォード？

今日は警部補にそんな予定はなかったはずだけど。

そもそもオックスフォードに何の用事があるのか。どこかのギャラリーにでも行くんだろうか。

『何があったんですか』

（電話では話せん。車の中で話す）

それはそうですね。

『わかりました。本部に着き次第、車でそちらに向かいます』

（頼む）

『でも、足は大丈夫なんですか？　病院に行った方がいいんじゃ？』

（あぁ、骨は折れていないと思う。湿布でもしておきゃ治るだろうが、今は痛い。歩くのもおっくうだ）

『杖《つえ》が部屋にありましたけど』

誰のものかもわからないけれど、立派なシルバーのライオンヘッドの杖がロッカーに入っている。

（そういえばあったな。ついでに持ってきてくれ）

『了解しました。すぐに行きます』

（頼む）

警部のアパートは本部からは車で十分も掛からないかな。

何で階段に座っているんだろうあの人は。

私が車を脇に寄せて停めたのに気づいて、微笑んで手を振った。杖を持って、急いで降りた。近所の人にでも見られているかもしれないのに、どうしてにこやかに笑っているんでしょう。

それに、絶対に監視カメラに映っていますよ。監視カメラコントロールセンターのナイトAからF辺りが、あれロイド警部補じゃないか何してるんだあんなところで、って笑いながら見ていますよきっと。たぶん、その階段で転んだシーンまで拾って送ってくるんじゃないかしら。楽しみに待ってよう。

『警部補。家の中で待っていればいいのに』

『階段を上がるのもおっくうになってな。杖をくれ』

そんなにひどいんですか。

『やっぱり病院に行きませんか』

警部補が杖をついて立ち上がるのを支えようと、手を伸ばした。

『さっき、隣のばあさんに湿布を貰って貼った。大丈夫だ。どうせ病院に行っても、歩けるなら湿布でも貼っておけって言われるのがオチだ。もう歩けるしな。ほらこの通り』

ゆっくりと杖をつきながら、歩き出した。確かに歩けるみたいだけど。

『とりあえず今日様子を見て、腫れたり痛んだりしたら病院に行ってくださいね。折れてないまでもヒビとか入っていたら後々響きますよ』

『わかってる。仕事を休むわけにはいかないからな。そうなったら診断書を貰いに行くさ。さぁじゃあ、行こう。オックスフォードへ』

了解です。

助手席に乗り込むのをちょっとだけ手を貸して支えたけど、確かにそこまでひどくはないみたい。すぐに運転席側に回って、乗り込む。

『急いだ方がいいですか？』

シートベルトを締めながら訊いた。

『いや、普通でいい』

『出ます。それで、何があったんですか。どうしてオックスフォードへ』

うん、って頷いてから私をチラッと見るのがわかった。

『煙草《たばこ》吸っていいか。後ろの右の窓を開けてくれ』

むー、って一応顔を顰めてから頷いた。もしも、もしももっとロイド警部補と親しい立場になれたのなら煙草を止《や》めさせるんだけど、無理だろうなぁ。

そう思いながら後ろの右側の窓を開ける。警部補も、自分のところのウィンドウを少し下げて、煙草に火を点《つ》けた。こうして対角線上の窓を少し開けると、煙草の煙はほぼ室内に留まることなく外へ流れていくんだ。ただし、走っている間だけ。だから信号で停まると煙草を窓の隙間から出して吸わないようにしている。

オックスフォードまでは、たぶん一時間と少し。それぐらいの運転なら途中で休憩もしなくていい。

『それで』

あぁ、って頷く。

『覚えているか。日本への絵画の密輸の件があったろう。五年前からのユースリーやシエンバロンの絵の件だ』

『はい、覚えています』

あった。どれを取っても一流とは言えない作家の作品ばかりだったけれど、英国所蔵のものであることは間違いなかった。美術館から盗まれたそれらの作品が日本のマーケットに密輸されているという話。

どうして日本かというと、日本はユニドロワ条約に入っていないからだ。盗難文化財の返還に関する国際条約。盗まれた美術品が他国に不正に持ち込まれたときに、それを本国が返還請求できるとした条約なんだけど、日本は批准していない。

だから、マネー・ロンダリングならぬアート・ロンダリングが簡単に行われてしまっている、という話。

もちろん、父の祖国である日本がそんなあくどいことの中心地になっているとは思いたくはないけれども、そういうことがあるのも事実らしい。

『でも、確証はなかったですよね』

『ないな。だが、その密輸に関わっていたらしい人物が、オックスフォードにいるというタレコミがあったんだ』

『誰からですか』

警部補が肩を竦めるのがわかった。

『それは、内緒だ』

同じ班にいても、情報源は余程のことがない限り、それぞれに秘匿するのがマナー。その情報源によって何か問題が起こったときに、互いに迷惑を掛けないための配慮。

『マードック・モンゴメリーという男の名前を聞いたことがあるか』

マードック・モンゴメリー。

それは。

『画家のマードック・モンゴメリーさんですか？　日本画も描いている』

『そうだ。知ってたか』

『知人という意味ではありませんが、知ってます。同じ美大卒で、そして日本画を描いているアーティストは珍しいですから』

あぁそうだったか、って警部補も頷いた。

『確かに、日本画を描いているのは珍しいしな』

『はい、実はかなり好きな作家です。作品もけっこう観ていますが』

『その彼に話を聞きたいんだ。一応、任意同行してもらう』

任意同行。

『え、でも』

確か、彼は。

『日本の女性と結婚して、今はトウキョウに住んでいるはずですが』

『よく知ってるなそんなことまで』

驚いたように私を見た。

『そんなに詳しいのか？ どうしてだ？』

たまたまですけど、そんなに驚かなくても。

『以前彼の作品を展示しているギャラリーで、彼をよく知っているそこのオーナーと話したことがあるんです。そのときに聞きました』

オーナーか、って呟いた。

『そりゃ偶然だな。彼の両親はオックスフォードに住んでいてな。どういう事情かは知らんが、今はその日本人の奥さんを呼んで実家で一緒に住んでいるそうだ』

『あ、そうなんですか』

それはまったく知らなかった。

『そう、日本人が奥さんなら、日本語で話す必要があったときジュンに来てもらっているのもちょうどいいんじゃないか。捻挫して突然呼んでおいてちょうどいいも何もないがな』

それはそうですね。ナイス・タイミングというのとは違いますけどちょうどいいかもしれません。

でも、あのマードック・モンゴメリーさんが密輸に？

『ちょっと信じられませんね』

『何でだ』

全然知り合いじゃないんですけど。

『けっこう前ですけれど、彼の作品を観に行ったときに、ギャラリーで顔を合わせたことがあるんです』

確か、〈M・アート・ギャラリー〉。

『それは、どこだ』

『そういえば、オックスフォードです』

どうしてそこに絵を展示してあるのかなんて、全然疑問にも思っていなかったけれど、モンゴメリーさんは実家がオックスフォードにあったんだ。

『それで、オックスフォードにあるギャラリーに関係していたんだろうな』

『そうかもしれません』

『そのギャラリーのオーナーは誰だ』

『話したのは確かなんですけど、名前は覚えていません。名刺を貰っていたはずなので、必要なら後で確認してみます』

『そうだな。で？　マードック・モンゴメリーはどんな人だったんだ？』

たぶんモンゴメリーさん本人は覚えてもいないだろうけど、挨拶して握手もした。素晴らしい作品ですって、一言だけ感想も伝えられたっけ。

そうだ、そのときに、ギャラリーに日本人の女性がいたような気もする。ひょっとして、あの人が奥さんだったんだろうか。

『含羞《はにか》んだ笑顔が可愛らしくて、優しそうな人でした。あまり芸術家という雰囲気じゃなくて、どっちかといえば、パンでも焼いていそうな優しそうな職人さんって感じでしたね』

『パン職人か』

笑った。

『まぁ人は見かけによらないと言うしな。まだ彼が密輸に関わっていると決まったわけじゃないが』

『そうですよね』

関わってないと思いたい。

あんなにも素晴らしい作品を描く人なんだから。だけど、密輸に関しては知らずに関わってしまうという場合もある。ただ荷物を頼まれて持っていったら密輸品だったというケースはいくらだってある。

それに、絵はバラしてしまえばただの布か紙。検査で引っかかることもほとんどない。

『どれぐらい、確証があるんですか』

まぁ、と、少し口ごもった。

『五分五分とも言えんか。正直、違うだろうな、という印象はあるが、名前といい日本に住んでいたことといい、状況的には十分ありうるんでな。本当にちょっと来てもらって話を聞くだけだ』

案件は増えてほしい。どんどん実績を積んで、警部補にもっと出世してほしい。でも、罪のない人を巻き込むのは避けたい。

もしも、モンゴメリーさんが何の関係もなくてガセネタだったとしたら、警察に呼ばれて話を聞かれたというだけで、迷惑を掛けてしまうパターンもあるんだから。

『マードック・モンゴメリーの妻も画家だそうだな』

『そうなんですか？』

『そう聞いただけで、まったく知らないが』

『名前は？』

『アイコ・モンゴメリーだそうだ』

アイコさん。

たぶん、日本では珍しくはない名前だと思う。そんな印象。

『そのアーティストは、聞いたことないですね。ひょっとして作品を観たら思い出すかもしれませんけれど』

『だな。俺も知らない』

アートの世界には、名も無きアーティストはもちろんたくさんいる。でも、無名だからといって、つまらない作品を作っているわけじゃない。中には本当に素晴らしい作品を生み出している人がたくさんいる。

ただ、時代の感性に合っていないとか、多くの人の眼に触れていないだけとか、埋もれているアーティストはとても多いんだ。

私は、できることならそういう人たちを見つけてスポットライトを当てて、世に出すような仕事がしてみたいけれども。

『今更だが』

警部補が窓を閉めながら言った。

『はい？』

『車の運転をよく任せているが、その、大丈夫だったのか。ご両親は交通事故死だったんだろう』

あぁ、と頷いた。

本当にものすごい今更ですね、どうしたんですか。

『二十年も前の、まだ子供の頃のことです。私が車に乗っていたわけでもないし。まぁ免許を取るときには少し嫌な感じがしないでもなかったですけど。全然平気ですよ。運転自体は好きです』

『そうか』

まぁそれなら良かったたって。

『日本には父方の親戚もいるんだろう。その後会ったりはしていないのか。いやたまたま日本での件で動いているから訊いたまでだが』

『そうですね』

会っていないです。

『祖父母がまだ元気ですけれど、両親のお葬式で会っただけです。それ以外では一度も会っていません』

『一度もか？』

『はい』

『君は一度も日本に行ったことがないとも言っていたが、何かあるのか？　いや父親が日本人なら行ったことがあって然《しか》るべきだと思っていたんだが』

　そうなんですよね。

　いくらイギリスの永住権を取っていたとはいっても、父が故郷の日本に娘を一度も連れて行かなかったというのも、父が死んでしまってからも、祖父母がいるのに私が一度も旅行でも何でも日本に行かなかったというのも、不自然なことかもしれない。

『私自身は日本が好きですし、一度は行ってみたいし何だったら住んでみたいとも思っているんですけど、どうも父は親と、つまり私の日本の祖父母と折り合いが悪かったらしくて』

『家族仲が良くなかったのか』

『ハンナから聞いた話なんですけど』

　そんな話を聞く前に父も母も死んでしまったから、私自身はまったく知らなかった。

『父がイギリスに来たのも、日本の家族とは今後一生関わりたくなかったからだって言っていたらしいです。それに、外国人、イギリス人の母と結婚したことも祖父母はまったく許してないというか、気にくわなかったらしくて』

『なんだそりゃ。日本の旧家かなんかなのか父親の実家は』

『昔は、それなりに格式のある家だったらしいです』

だから、私が日本の祖父母に会いに行っても、まさか追い返しはしないまでも。

『ひょっとしたら、歓迎はされないかなって。日本でのそういうものは一族郎党にまで及ぶみたいなんですよ』

うーん、って警部補は唸った。

『まぁいろんな人間がいるが、孫のことは可愛いんじゃないかとは思うがな』

『そうですね。私自身が疎まれているとは思っていないです。新年の手紙とかは、私宛《あて》に貰っています』

新年の挨拶。

日本のハガキで送ってくれる。

『写真とかはこちらからも送っていますよ。いつか会いに行きたいとは思いますけれど』

日本は遠いですね。

二　堀田サチ

翌日の朝になって、またイギリスに来ちゃいました。

本当にこの身体は便利です。生きているうちにこんなことができていたら良かったのにな、といつも思いますよ。

家にいてもいつも通りの一日でしょうしね。こちらでの研人たちの様子を見ていたいですから。

もう研人たちは起きて、朝ご飯の支度を手伝っていました。皆でわいわい言いながら目玉焼きを焼いたりしていますよ。

我南人も起きてきていますね。何もしないで居間のソファに座って、こちらの新聞を読んでいます。あの子は英語で日常会話はできても、新聞を隅から隅まで読んで理解できるほどの読解力はなかったと思いましたけど、どうなんでしょうか。

朝が早いウェスさんとメアリーさんは、もう自分たちの朝食を自分たちの部屋で済ませたようですね。部屋でゆっくりと、紅茶を飲みながら、朝のテレビ番組を観ています。

犬のミッキーも、ウェスさんとの散歩を済ませて、同じ部屋で寝転がっています。確かもう十歳になるはずですよね。もうおじいちゃんの犬です。大型犬は、大人になればそんなにはしゃぐことはありませんから、こうやって、散歩以外は二人とのんびり過ごす毎日なんでしょうね。

静かな、穏やかな生活ですね。

そういうのを見てしまうと、わたしももう少し長生きして勘一と静かに過ごしてみたかった、と思いましたが、どう考えても我が家では静かな生活などできそうもないですよね。

トーストを焼いて、目玉焼きにベーコンを焼いて、マカロニサラダと、それからたくさんのジャム。そしてコーヒーと紅茶に牛乳ですね。

『今日はスタジオに行くのよね？』

『そう、明後日《あさって》から入るけれど、今日は見学とチェックね。キースも今日はスタジオにいて、挨拶できるって言うから』

藍子が訊いて、研人が答えます。

『じゃあ僕も行っていいですか。今日は講義がないし、まだ何も始まらないうちに見学した方が邪魔にならないし』

『いいよぉ。皆で一緒に行こうねぇ』

若者三人とも元気ですね。時差ボケとかもないようで、食欲旺盛です。天気は少しばかり悪いようですけれど、まぁいいでしょう。

『雨ってどうなんですか。降りそうなんですけど』

渡辺くんがサラダを食べながら訊きます。

『どうでしょう、降るときは降るし、降らないときは降らないし』

マードックさんが言います。

『イギリスでは、一日に四季がある、なんて言うんです』

『一日に四季？』

『寒かったり暑かったり、雨が降ったり止んだり。だから日本みたいに今日は雨が降るから傘を持っていかなきゃ、なんて感覚じゃあないんですよね。雨が降ったら傘を差せばいいし、傘なんか持たないで常にレインコートで外出する人もいるし』

『若い子なんか、雨が降ったらパーカのフードを被《かぶ》って終わり、よね。本当に気にしていないの』

そういうものらしいですね。

天気の話をしていたので、わたしがふと窓から外を見たら、黒色の普通の乗用車が家の前に停まりました。

どなたか、いらっしゃいましたかね。

運転していたのは女性のようです。助手席に乗っていたスーツ姿の男性がドアを開き、ゆっくりと降りてきます。

杖、いえステッキと言った方がいいのでしょうか、それをついていますね。足が悪いのかもしれません。辺りを少し見回すようにしてから、こちらに向かって歩いてきます。マードックさんにお客様でしょうか。見た目からするとマードックさんの年齢とそんなに変わらないようです。

大学の関係者の方でしょうか。

たまたま窓の方向を向いていた研人が気づきましたね。

『マードックさん、誰か来たみたいだよ』

マードックさんが、うん？ といった感じで腰を上げ、玄関に向かいました。それとほぼ同時に呼び鈴が小さく鳴って、マードックさんが、はいはい、と小声の日本語で言いながら鍵を開けドアを少し開きます。

『はい』

顔を覗かせた男性の方が、杖を小脇に抱え、ポケットから手帳のようなものを出して、広げました。マードックさん、ちょっと驚いた表情を見せます。杖なしで立てるということは、それほど不自由ではないようですね。

男性が見せたこれは、あれですよね。

日本でいえば警察手帳ですよね。バッジと身分証のようなものが見えます。こちらではこれを何と呼ぶのかわたしはわかりませんが。

『マードック・モンゴメリーさん？』

『そうですが』

『お忙しいところ朝から申し訳ないです。私、この通りスコットランドヤードのロイド・フォスターと申します』

中に入り、小声で言います。栗色の少し長めのウェーブした髪の毛、着崩した紺色のスーツに無精ヒゲがお似合いのなかなか渋い方です。

イギリスの方々はわたしからすると皆さん外国人ですから、何だか全員が映画に出てくる俳優さんのようにも思えてきます。マードックさんの顔はもう見慣れていて、そんなふうには思えないんですけどね。

『刑事さんですか？』

『警部補です』

警部補さんですか。

しかも、日本でも有名なスコットランドヤード。日本風に言えばロンドン警視庁のことですよね。今はニュー・スコットランドヤードと言うんだと前に聞いたことがあります。皆がニューを付けるのが面倒臭くてそのままにしているとか。

『少しお話があるのですが』

ロイドさんが家の中を確認するように見回して、少し眉を顰《ひそ》めるような顔つきをしましたね。たくさんの人がいたので少し驚いたのでしょうか。

『もしあれでしたら、ちょっと外へ。それとも、お隣はアトリエだそうですが、隣で話をした方が』

何でしょう。他の皆に聞かれない方がいい話なんでしょうか。

マードックさん、ちらりと後ろを振り返ります。皆が集まってきましたけど、ここで普通に話す分には部屋にいるメアリーさんたちには聞こえませんよね。

『いえ、大丈夫ですよ。何でしょうか』

ロイドさんの後ろには車を運転してきた、まだお若い女性がいます。この方も警察官なのでしょうか。長い黒髪がまさしく烏《からす》の濡《ぬ》れ羽色《ばいろ》といった風情で、どこかアジアの方のような顔つきですが。

マードックさんが見たからでしょうか、ロイドさん、女性を示して言いました。

『彼女は同じくスコットランドヤードのジュン・ヤマノウエ。警察官ではなく事務官です。今日はたまたま運転手で来てもらっただけです』

ヤマノウエさんとおっしゃいましたか？　それは、たぶん日本の姓ですよね。

『あ、日系の方ですか？』

マードックさんが訊くと、お嬢さん、こくりと小さく頷きました。

『父が日本人です』

やはり日系の方でしたか。ジュンさんもちらりと家の中を見回したのですが、わたしとも眼が合いました。

これは、偶然でしょうね。すぐに視線が離れて他の皆にも少し視線を向けていましたから。

研人たちも警察ということは聞こえてわかったようでしたから、何事だろうと訝《いぶか》しげな顔を見せています。

ロイドさん、少し頬を緩めて言います。

『日本からのお客様でしたか？』

『そうです。僕の家族とその友人たちです』

「すみません、すぐに、おわります」

ロイドさんが、たどたどしく日本語でそう言い、我南人たちに軽く頭を下げました。皆が少し驚きましたね。

「にほんご、できるのですか？」

マードックさんも日本語で訊くと、ロイドさん、小さく頷きジュンさんを見ました。

『彼女が両方喋れるのでね。簡単な会話だけ、ときどき習っているんですよ。トラブルで警察を訪れる日本人観光客にもウケがいいんです。それで、マードック・モンゴメリーさん』

『はい』

『私は〈美術骨董盗難特捜班〉のものです』

聞き慣れない部署名ですがその名の通り、美術品や骨董品の盗難事件を専門に扱う部署なのでしょうか。

『あなたは、日本のトウキョウで長年暮らしていらっしゃる』

『そうですね。今はこっちにいますけれど』

『実は、盗難にあった絵画の、日本への密輪についてちょっとご参考までにお話を聞かせていただきたい』

『密輪？』

「何て言ったの？」

研人が小声で藍子に訊きます。密輪というのが、知らない単語だったのでしょうね。

わたしも一瞬何のことかわかりませんでした。

「密輪ですって」

「密輪？」

藍子が研人にそっと言ったのがロイドさんにも聞こえましたね。難しい単語がわからないと気づいたんでしょう。

「すみません、みなさんにわかるように、にほんごでいいます。ぬすまれた、えが、にほんへみつゆされているのを、そうさ、しています。モンゴメリーさんにすこし、はなしをききたいので、Scotland Yard《スコットランドヤード》へ、どうこうしてほしいのです」

スコットランドヤードへ。マードックさんがですか？

『どうして夫に？　夫は確かに日本に家もある画家ではありますけれど、密輸なんて、そんなのにはまったく関係ないです』

藍子が一歩前に出て言います。

『いや』

マードックさんが軽く手を上げて藍子を制しました。

『ロイド警部補。ひょっとして以前にあったという、うちの大学での絵画盗難事件に関係しているってことなんですか？』

ロイドさん、少し驚いたように右の眉をひょいと動かしました。

『詳しいことは捜査上言えないのですが、そのような感じでご理解いただけると非常に話が早くて助かります。本当にすぐに済みますので、このままご同行願えますか？』

大学での絵画の盗難ですか。マードックさん、顔を顰めて頷いた後に、皆の方を振り返って言います。

「だいじょうぶです。もどってからくわしくはなしますけど、なんねんかまえに、そういうじけんがあったんです。ぼくもしってますし、ぬすまれた、だいがくにあった、えもよくしっています」

皆を見回して微笑みました。

「きっとすぐにおわりますよ。しんぱいしないで」

『お話を伺うだけですから』

マードックさんがジャケットを着て、スマホや財布を用意しています。本当に大丈夫でしょうかね。

「みんな、かあさんやとうさんにはないしょにしておいてください。きゅうなしごとでだいがくにいったってことで」

「わかったわ」

「了解」

藍子も研人たちも頷きます。その方がいいでしょうね。メアリーさん、息子が警察に連れて行かれたなんて知ったら、たとえマードックさんにやましいところがないとしたって血圧が上がってしまいますよね。

先にジュンさんが出て行きましたけど、またわたしに視線を向けましたよね。気のせいでしょうか。わたしの後ろの壁に掛かっている藍子の絵でも観ていましたかね。〈美術骨董盗難特捜班〉なんでしょうから、絵にはもちろん詳しいとは思うのですが。

マードックさんとロイドさんが出て行き、車の方に向かうのを藍子が不安げな顔で見ています。

話を聞くだけって言っていましたが、これは小説でもドラマでもよくある任意同行というものですよね。そういうのは大抵の場合は良くない方向へ進んだりしますよね。

ロイドさんとジュンさんが乗ってきた車は普通の五人乗りのセダンです。わたしはそこに席さえ空いていれば車でも飛行機でもたぶん戦車でも潜水艦でも一緒に乗っていけます。

今、乗り込めば一緒に行けますね。

ついていってみましょうか。

「まぁあ、すぐに帰ってくるよぉお」

後ろから我南人の声が聞こえてきました。心配する藍子に言っていたのですね。あなたは一応は父親なんですからいつもそのようにしていてくださいね。

後ろの左座席にマードックさんを乗り込ませて、運転席にはジュンさん、ロイドさんは助手席に乗り込みました。

なので、わたしは運転席の真後ろに座らせてもらいます。どんなものでも、それがドアであればわたしはすい、と通り抜けて入れますから。それなのに壁や開かない窓は通り抜けられないのが不思議でしょうがありません。思うに、生きているときの常識などがこの身体になっても染みついているのでしょうね。

これは小説に出てくる知識でしかありませんが、もしもマードックさんを犯人扱いしているのであれば、万が一にも逃げ出さないように、ロイドさんはきっとマードックさんの隣に座りますよね。マードックさんを一人で座らせたというのは、本当にただ話を聞きたいだけかもしれません。

そういえばロイドさん、杖をついて少し右足を引き摺《ず》っていましたよね。ジュンさんが運転手で来たというのもそのせいでしょうか。右足を怪我《けが》でもしているのかもしれません。

『行きます』

ジュンさんが言って、車が動き出しました。たぶんイギリスの車なんでしょうけど、わりとそっけない内装です。

それとも警察車両なので質実剛健な車種なのかもしれません。

『足は、お怪我ですか？』

走り出してすぐにマードックさんが訊きました。気づいていたんですね。ロイドさんが助手席で苦笑しました。

『お恥ずかしい話で、家の前の階段を踏み外しちまってね。今朝なんですよ。それで彼女に運転してもらったんです』

そうだったのですね。

ロイドさん、着崩したスーツや無精ヒゲといい言葉遣いといい、警察の方にしてはラフな印象ですが、嫌な感じではありません。むしろ、微笑んだときの甘い笑顔と相まって好感の持てる方ですね。

『特捜班などといっても、ほぼ私と彼女の二人しかいないもので』

そう言われたジュンさんがハンドルを握ったまま頷いたのがわかりました。二人だけなんですか。それはお忙しいでしょうね。マードックさんも頷きながら言います。

『話を聞きたいって、ここで、車の中で済ませちゃ駄目なんでしょうかね』

わたしも実はそう思っていました。スコットランドヤードまでどれぐらいなのか、たぶん一時間ぐらいは間違いなく掛かると思うんですけれど。

『いや、そんなわけにはいかないんでね。こちらの形式通りにやって、きちんと記録しなきゃならないんですよ。後から言った言わないで面倒なことになるのはお互いに嫌でしょう』

録音でもする、という話でしょうか。

『そうですか。あの、じゃ向こうに着くまで暇なので、質問してもいいでしょうか』

マードックさん、日本語を喋るときと英語で話すときでイメージがそんなに変わらないのがおもしろいですよね。

『質問？』

『はい。警察組織のこととか一般の人があまり知らないことを。あ、日本にいる義弟が小説家なんです』

『ほう、小説家。それは素晴らしい』

紺のことですね。

『以前にも、小説の資料としてイギリスの警察組織の様子はどんな感じか訊かれたんですよね。その辺は僕も詳しくないので今後の参考までに』

ロイドさん、少し肩を竦めました。

『まぁ、捜査上のことでなく一般に知られてもいいことであれば』

『〈美術骨董盗難特捜班〉のことは知っていたんですが、二人しかいないんですか？

これは僕も絵描きとして興味があるんですけど』

『そりゃ興味がありますよね。私たちも大人数で捜査をしたいのはやまやまなんですが、この二人の他にもう一人ですよ』

『三人ですか？』

随分と少数精鋭ですね。

『そもそも美術品盗難事件を追うといっても、犯人を追えるような手掛かりがあれば、それは窃盗犯の捜査チームが動きます。それこそ何十人もね』

『そうでしょうね』

『我々〈特捜班〉が追うのは犯人じゃないんでね』

犯人じゃないんですか。

『何を追うんですか？』

『もちろん犯人を見つけられれば逮捕しますが、基本は闇に潜ってしまった絵画、つまり盗まれて〈ブラック・マーケット〉に流れてしまった絵画や美術品そのものを追うんですよ。その違いがわかりますかね？』

ブラック・マーケットというのは、つまりそのまま闇市場という意味ですよね。少し意味合いが違いますが、終戦当時の日本にも闇市はありました。いろんなものが売られていて、わたしも食料品や日用品などを買いに、随分通ったものですよ。

マードックさんが小さく頷き言います。

『聞いたことはあります。絵画や美術品を盗んでブラック・マーケットに流す、つまりその美術品はもうほとんど表には出てこなくなり誰かに購入されてしまって、どこかに飾られているってことですよね』

『その通り。どこかの金持ち野郎が、盗まれた名画を独り占めして、眺めて悦に入っているんですよ。ところが何らかの力が働いて、隠されていた名画や美術品が再びマーケットに浮かび上がってきて、元の持ち主である美術館や博物館に買い戻せと言ってくるんです。誘拐犯と同じ理屈ですよ。人質が人間か絵画かの違いだけで。無事に返してほしかったら身代金《みのしろきん》を払えってもんでね』

『とんでもない金額で、ですよね』

『いや、そこのところは様々でね。そもそも、そういうブラック・マーケットに流す連中はプロですよ。盗んだものの価値をしっかりとわかっているし、高価な美術品には保険がかかってることが多いのも知ってる。だから、保険で賄えるギリギリのところを交渉の値段として接触してくる。その接触してくる人間たちの警察側が、私たちですよ』

『つまり、ロイド警部補たちが、人質になっている絵画を無事に保護するために犯人との交渉をするんですね』

『あわよくば、犯人も逮捕するためにね。ただ、我々の第一義は無事に絵画や美術品を保護することです。犯人と絵画のどっちかを選ばなきゃならないような状況に陥ったら、我々は絵画の方を選びます』

『え、じゃあそういう状況になってしまったら、警察同士で衝突しちゃいませんか？』

『しますね。過去にも一度ありました。けれども、優先順位は我々が上ですから。泥棒は逃げてもまた捕まえるチャンスがある。しかし、絵画確保に失敗したら、もう二度と戻らないかもしれないんです。この世から失われるかもしれない。あなたも画家としてそれは許せないでしょう？』

『確かに、許せませんね』

なるほど、そういうお仕事をする部署の方々なんですか。

『でも』

ジュンさんがハンドルを握りながら口を開きました。

『向こう側から交渉してくる人物が犯人とは限らないのが、私たち警察側が交渉に入る際の難しさなんです』

『え、犯人じゃないんですか？』

マードックさんが訊いて、ロイドさん、またちょっと肩を竦めましたね。

『わざわざ警察に接触してくるバカな犯人ばかりだといいんですけどね』

『犯人はバカではないんですね』

『ブラック・マーケットに流れた美術品はもう商品なんですよ。盗んだ犯人はそこにはいない。美術館側に買い戻せ、と連絡してくるのは、ブラック・マーケットから依頼された〈交渉人〉ですよ。それこそ弁護士とかがいます』

『弁護士さん？』

マードックさんが驚きます。わたしもちょっと驚きました。正義の側であるはずの弁護士の方が、盗品の交渉をするんですか？

『もちろん、その弁護士に報酬なんかはないですよ。単にブラック・マーケット側に〈交渉人〉として選ばれた、というだけでね。よくあることなんですよ。向こうにしてみると自分たちの身元を何にも知らず、かつ警察との信頼関係を維持できる人間を〈交渉人〉という名の連絡係にしなければ、上手く金は手に入らないんでね』

『もしもそういう人たちがブラック・マーケットから報酬を貰ったら、当然私たちは逮捕します。犯罪ですからね』

ジュンさんが言います。

『私は事務官ですから逮捕できないですけど』

『なるほど』

そういうことですか。上手く考えたものですね。

感心してはいけないんですけど、本当に悪党っていろんな上手いことを考えます。その頭の良さを善の方向に使えば真っ当な金儲《かねもう》けができるんじゃないかといつも思います。

『厄介なのは、交渉にはブラック・マーケット側だけじゃなくて、知っての通り保険シンジケートの保険損害査定人やら、当然、保険引受人であるアンダーライターが関わってくることですね。一筋縄じゃいかない連中がね』

また聞き慣れない言葉が出てきましたけど、マードックさんが、あぁ、と頷きました。

『そういう人たちとの交渉も全部ひとまとめにして、警察側でコントロールしてようやく美術品が戻ってくるんですね』

『戻ってくればいいんですがね。肝心のブラック・マーケット側から突然連絡が来なくなったり、かと思えば突然違う〈交渉人〉から連絡が来たり、ようやく絵画の引き渡しに成功したと思ったら贋作だったりね。そもそも警察が関与できない取り引きも多い。まぁ厄介なんですよ本当に』

何とも、複雑な世界なのですね。

『当たり前でしょうけど、お二人とも美術関係にも詳しいのですよね？　そういう、たとえば贋作なども見分けられるぐらいに』

ロイドさんが少し振り返って苦笑いを見せました。

『まぁ、こういう仕事をしているんでね。それなりには詳しいつもりです。美術の成績なんかないに等しかった私はともかく、このジュンは美術大学を出ているんで、キュレーター並みの知識も絵の技術もありますよ』

『それはすごい。それならばご自分で絵とかも描かれるんですか？』

ジュンさん、少し含羞んでいるようですが、とてもキュートな方ですよね。お年は聞いていませんけれど、二十代後半から三十代前半ぐらいでしょうかね。

『趣味の域を出ませんけれど』

『いや、こいつの絵、油絵ですけどなかなか大したものですよ。これから行くうちの部署の壁に一枚飾ってあるから見てやってくださいよ』

『やめてください警部補。本物のアーティストであるモンゴメリーさんに』

『あ、ヤマノウエさん、僕の作品を知っているのですか？』

『はい、存じていました』

大きく頷くのがわかりました。

『実は私、モンゴメリーさんと同じ大学です。後輩なんです』

『あ、そうでしたか！』

それはまた偶然ですね。年齢がだいぶ違うので接点はまるでなかったのでしょうけれど、同じ大学の卒業生として知っていたのですね。

『モンゴメリーさんの描く日本画は素晴らしいと思います。日本画の様式美をきちんと受け継ぎながらも、日本人とは違う、私たちの持つ感性というものを複合的に溶け合わせている。それに、日本での暮らしが長いからでしょうか。モチーフへの理解の深さが逆に良い意味での軽やかさを与えています。本当に素晴らしいです』

これは、ベタ褒めですね。

マードックさん、真っ赤になって照れていますよ。

任意同行を求めるぐらいですから、マードックさんのことをしっかりと調べて、作品などもしっかりと観ていたのでしょう。

この調子なら本当に、ただ念のために話を聞くだけなのかもしれません。

ここが、かのスコットランドヤードですか。

あぁ、確かに看板は〈NEW SCOTLAND YARD〉となっています。あの看板は回っているんでしょうか。

わたしたち古本屋のように小説を扱う者ならば、どれほどの作品にその名が出てくるものかよく知っています。特に翻訳小説の探偵物や推理小説好きには、今風の言い方をするなら聖地ですよね。

川沿いにあるのですね。たぶんこの大きな川はロンドンの中心を流れる、かのテムズ川なのでしょう。有名なビッグ・ベンもちらりと見えました。

さて、どうしましょうか。マードックさんが間違いなくここに連れて来られたのは確かめましたけど、取り調べというか、事情聴取まで一緒に行くのは盗み聞きしているみたいですよね。

いえ、そもそもわたしはずっと盗み聞きしながら暮らしているようなものなんですが、さすがに警察の中にまで入っていってそうするのは、かなり悪いことをしているようで気が引けます。

マードックさんの家に帰りましょうか。

信号待ちで停まりました。ここで失礼しましょう。ドアを擦り抜けて降りた途端に信号が青になり、車が動き出します。

あら?

見間違えじゃありませんよね。

運転席のジュンさんがとんでもなく驚いたように一瞬振り返ってわたしの方を見たんですが、信号が青になったのでそのまま車は行ってしまいました。

ひょっとして、あの方。

*

後でまた研人たちと来るでしょうけれど、ちょっとだけテムズ川の辺りを眺めてから、マードックさんの家の前にひょいと戻ると、ちょうどどなたかの車が家の前に停まるところでした。

誰かと思えば、車から降りてきたのはケネスさんじゃありませんか。昨日ギャラリーでお会いしましたよね。お忙しいはずなのにどうしましたか。グレンチェックのスーツに焦げ茶色の革靴がお似合いですね。昨日も思いましたがまさしく英国紳士の装いです。

ひょっとして、マードックさんが連れて行かれたと、相談でもするために藍子が呼んだのでしょうか。

でも、違いますね。特に慌てた様子もなく、落ち着いた慣れた感じでひょいと居間の窓から中を覗きました。きっと、藍子とマードックさんは隣のアトリエにいることが多いので、いつもこうして確かめているんでしょう。呼び鈴を押して、メアリーさんやウェスさんを煩わすことのないように。

誰も居間にいませんね。隣の部屋にはメアリーさんがいて、ウェスさんは庭いじりをしていました。

すると皆は隣の家でしょうか。ケネスさんもちょっと頷いてから隣に向かいます。

ドアをノックすると、藍子が出てきました。あぁ、やはり皆もここにいました。

『ケネス』

藍子がほんの少し笑みを見せました。

『おはようアイコ』

ケネスさんもにこりと微笑みます。

『ロンドンへ行く途中にちょっと寄ったんだけど、マードックは？』

やはり、何も知らずにただ寄っただけですね。藍子が顔を顰めました。

『それが』

藍子の眉間に皺《しわ》が寄ります。唇を引き締めました。部屋の中、一階のマードックさんと藍子のアトリエには他の皆も揃っています。難しい顔をしてそれぞれに椅子やらソファやらに座っていますが、研人たちはキースさんのスタジオには行っていないんですね。

その様子を見て、いったんは笑顔を見せたケネスさんも気づきましたね。

『何かあったの？　マードックは？』

中に入ってもらって、藍子が説明しました。スコットランドヤードの〈美術骨董盗難特捜班〉のロイド警部補がやってきたと。

『任意同行？』

ソファに座り、腕を組んで難しい顔をしながらケネスさんが繰り返しました。甘利くんが紅茶を淹れて持ってきましたね。甘利くんはそういうのがきちんとできますよね。

『ケネスは知ってるかしら？　マーグレン大学であった絵画の盗難事件って』

藍子が訊くと、ケネスさん一度考えましたが、頷きました。

『僕の母校ではないけれどね。美術商としては知っているよ。しかし、確かにマードックは大学関係者として詳しい事情はわかっているはずだけど、盗難のあった時期には大学にいなかったんだから任意同行を求められるなんていうのはおかしいな』

『変だよね？』

研人です。ケネスさんに向かって言います。

『あの警部補、最初は「盗難にあった絵画の、日本への密輸についてちょっとお話を聞かせて」って言ったんだよ。大学のだの字も出なかった。それなのに、マードックさんが「うちの大学の盗難の件か」って訊いたら、そうだって』

『確かにそう言ったよね』

渡辺くんが頷きます。

『なんかさ、明らかに乗っかってみましたって感じだったよあの警部補。何か隠しているよ』

そうでしたかね。研人はこれで勘の鋭さは紺譲りのところがありますからね。何か感じたのでしょうか。

ケネスさん、ちょっと首を捻ってから頷きました。

『捜査に秘密というか、一般人には言えないことが多いのは事実だから、そこのところは考えすぎかもしれないし、あまり気にしなくてもいいとは思うが』

ケネスさんが言って、考え込みます。

『どう考えてもお門違いのような気がする』

腕時計を見ました。

『もう向こうに着いて、話は終わった頃かな。アイコ、マードックに電話してみよう。ただの任意同行なら、話を聞くときにスマホなどを預けることもないはずだ』

『そうしようと思っていたんだけど、いいかしら？』

大丈夫、と、ケネスさん頷きます。そういえば弁護士もなさっているということでしたよね。どちらの方面の弁護士さんかはわかりませんが、その辺の事情にも詳しいのでしょう。

頷きながら、藍子がテーブルに置いてあった自分のスマホで電話します。皆が、じっと注目しましたが、どうやらすぐには出ないようです。

藍子の眉間に皺が寄りました。

『電源が切れているわ。もしくは、電波が届かない場所にいるのかも』

『何で？』

ケネスさんが、首をちょっと捻りました。

『一応電源を切っておいてくださいと言われたのか、あるいはマードックが気を利かして自分で切ったか、かな。あいつならそうしそうだね』

そうかもしれません。

『〈美術骨董盗難特捜班〉か。よし、ちょっと待って』

ケネスさん、自分のスマホを出しました。

『どうするの？』

『仕事柄、警察官に知り合いはいる。訊いてみるよ』

どこかへ電話を掛けます。

『あぁ、ケネス・カーライルです。お久しぶりです。今少しいいでしょうか？　申し訳ないけれどそちらに〈美術骨董盗難特捜班〉がありますよね？　そうです。その部署です。直接コンタクトを取りたいんです。できればそこの、えーとロイド警部補に』

少し間がありました。

『あ、繋がりますか？　このままですね？　助かります。いえ、違います。弁護士としてではなく、美術関係の話で、です。はい、大丈夫です』

一度口からスマホを外して、小声で言います。

『繋がる。向こうと直接話せそうです』

藍子の顔に少し笑みが浮かびます。ケネスさん、さすが弁護士さんですね。

『もしもし？〈美術骨董盗難特捜班〉ロイド警部補ですか？　私、美術商をしていて弁護士でもあるケネス・カーライルです。はい、そうです。そちらについ先程任意同行されたマードック・モンゴメリー氏についてちょっと。え？』

ケネスさんの顔に少し驚きが浮かびました。

『帰った？　さっきですか？　はぁ、そうでしたか。間違いなくですね？　わかりました。ありがとうございます。いいえ、大丈夫です。それならとりあえずはけっこうです。そうです、弁護士のケネス・カーライルです。私はマードック・モンゴメリーの長年の友人です。はい、いつでもどうぞ』

電話を切る前に電話番号も教えていましたね。

ケネスさんが唇を少し歪めます。

『つい五分ほど前に、帰ったそうだ』

『帰った？』

頷きます。

『話を聞き終わって、送っていくと向こうは言ったそうだけど、マードックは自分で帰るから大丈夫だと。ちゃんと玄関で見送ったので間違いないと』

見送ったのですか。

『変だねぇえ』

我南人が首を捻ります。

『終わったんならぁ、マードックちゃんはすぐに電話してくるよぉ藍子にぃ。終わったから、これから帰るから心配ないってねぇえ』

『そうだよ。それなのに繋がらないって』

確かにそうですね。マードックさんはそういう人です。特に藍子には、結婚して何年も経ちますがいまだにベタ惚《ぼ》れなんですから。すぐに電話してくるはずですよね。

『藍ちゃん、もう一回電話してみて』

研人が言って、藍子がすぐに電話します。直後に顔を顰めました。

『やっぱり同じだわ』

ケネスさん、難しい顔をして腕時計を眺めています。

『少し待つしかないね。事情聴取は無事に終わって、帰されたのは間違いないんだから』

　ケネスさんが言います。

『ケネス。あなた仕事があるんじゃあ』

『大丈夫。マードックと連絡取れるまで気になって仕事どころじゃないしね。それで』

　窓の向こうを見ました。

『メアリーさんにこのことはまさか伝わってないでしょうね』

『もちろん、言ってないよぉ。警部補たちが来たときも、話は聞いていないからねぇえ。だからこうして、こっちの家で話しているんだぁ』

　ケネスさん、ホッとしたように頷きます。

『そのまま内緒にしておきましょう。ただの事情聴取とはいえ、息子が警察に連れて行かれたなんて、どれだけ心臓に良くないか』

『そう思うわ』

　藍子が心配げな顔で言います。

『ケントくんたちは？　スタジオに行かなくていいのかい？』

『気になっちゃって行けない。マードックさん帰ってきたら、もしくは連絡来たらすぐに行くつもりです。どうせ今日はただスタジオの様子をチェックするだけだったから』

ケネスさんに訊かれて、研人が言います。

それを聞いた我南人、うん、と、何かに納得したように頷いてから立ち上がりました。

『研人ぉ、僕はちょっと先にスタジオに行ってくるよぉお。向こうにも今日はちょっと遅れるかもしれないし、ひょっとしたら明日を見学日にするかもって言っておくからぁ。キースの予定だってあるしねぇえ』

『そうだね』

その方がいいですね。

ここで皆で揃って唸っていてもどうしようもないことですし、キースさんを待たせてしまってもとんでもないことです。電話とかではなく、我南人が直接行くのがいちばんいいでしょう。

『お父さん、タクシーで行く？』

『そうするよぉ。マードックちゃんから連絡あったら、すぐに僕にも連絡ちょうだいねぇえ』

『そうする』

我南人が出て行って、藍子が思い出したように研人たちを見ます。

『研人、私は向こうの家にいるから。まだ洗濯も掃除も終わってないのにこっちにいると何かあったかって思われるかも』

『オッケー。オレらはこっちにいるよ』

　どのみち電話があるとしたら、藍子か、もしくは研人や我南人のスマホにでしょうからね。どこにいても同じです。

『ケネスは？』

『僕もこっちにいるよ。マードックもいないのに僕だけアイコといるのもおかしいから。マードックのことは、急な用事で大学に行ったってことにすればいい』

　藍子が頷きます。

『そうしているわ。普段でも、ないことではないから』

『車は？　見られたら、ケネスさんの車だってわかっちゃうんじゃないの？』

　そうですね。いつも来られているんですから、二人ともケネスさんが来てるわねと気づくでしょう。もう気づいているかもしれません。

　ケネスさん、少しだけ天井を見上げるように考えてから言いました。

『もし訊かれたら、君たちの、〈TOKYO BANDWAGON〉のアルバムやプロモーションのビジュアルの話をしに来たと言おう。知っている若くて良いアーティストがいるので、ぜひ一緒にやってみないかと相談しに来たと』

『商売の話をしに来たってことだね？』

『そういうこと。いつもマードックやアイコと絵の話をしに来ているし、つまるところそれは僕にとっては商売だから』

確かにそうですね。ケネスさんに以前から〈TOKYO BANDWAGON〉の話をしていたとすれば、誰が聞いても納得する理由です。

それにしても、こうしているうちにもどんどん時間が過ぎていくのに、マードックさんからの連絡がないのは何故なんでしょう。そもそも電話が繋がらないのが不思議です。落として壊れてしまったとかなら、まだいいのですが。

それでも公衆電話とかありますよね。確かありますよね、あの赤い電話ボックスの。

時間が過ぎていきます。

甘利くんや渡辺くんが二階の自分の部屋に行ったり、何もしないでいると眠くなるからと、近所に買い物に出かけて行ったりしましたが、研人はケネスさんもいるので残っています。

ここはアトリエですから、マードックさんや藍子の作品が飾ってあったり、描きかけのものがあったりします。絵の具の匂いがしていますよね。

『ケントくん、というのは日本人の名前なんだよね』

ケネスさんが訊いてきました。研人が、こくん、と頷きます。

『そうですよ。普通に日本人の名前。外国人にもケントさんっているよね』

『いるよ。この前聞いたときも思ったんだけど、何か意味があって、そういう名前を付けたのかな』

たまに訊かれることがありますよね。研人が少し微笑みます。

『音の響きがいいのと、まぁ将来日本以外の国に行っても通用するように、とは考えたらしいけど。母親がね、キャビンアテンダントだったんだ。国際線の』

なるほど、とケネスさん頷きます。

『ケントくんは、小さい頃からずっとマードックとアイコの作品を観てきたんだよね』

『そうだね。藍ちゃんは生まれたときから一緒に暮らしてるし、マードックさんも気がついたらもう家によく来ていたし』

マードックさんは、研人が生まれた頃から来ていますよ。

『ミュージシャンというアーティストの眼で観て、どうかな。二人の作品は結婚してから変わったりしたかな』

『あ、それはもうハッキリと』

へぇ、という顔でケネスさん少し驚きました。

『わかるんだ』

『わかるよ、っていうか家族皆そう思ってるよ。何か特別に目立つ変わり方をしたわけじゃないだろうけどさ。雰囲気がね。柔らかいところは一段と柔らかくなったし。オレは絵を描かないからうまく言えないけど』

いや、とケネスさん頷きます。

『その通りだよ。君のお祖父ちゃんはロックミュージシャンで、お父さんは小説家だというから、凄《すご》いなと思っていたんだ。感性が芸術家の血筋なんだね』

研人が笑って首を捻ります。

『血筋はわかんないけど、気づいたら家の中には古本と絵とレコードと楽器が山ほどあったからさ。それは、おもちゃみたいなものだったよね。あ、でも従姉《いとこ》の花陽もずっと同じ環境だけど、あいつは全然そういう方面じゃないよ。医者になろうとしてるから』

血筋とかは本当にわかりませんが、環境というものが子供の成長に大きく影響するのはあるかもしれませんよね。

『ケネスさんもさ、絵を描いていたんだよね』

『小さい頃だね。マードックといつも一緒に遊んでいた頃の話だよ。僕とマードックは、近所に住んでいた幼馴染みだったんだ』

『知ってる。聞いた。ケネスさんの描いた絵ってないの？』

『僕の絵かぁ』

苦笑しました。ケネスさんが、ソファから立ち上がって少しアトリエを歩いて、マードックさんの油絵を指差しました。

『この女性、アイコに似ているだろう？』

女性の、バストアップというんですかね。胸から上を描いた絵です。誰かをモデルにしたんでしょうか。それとも藍子でしょうかね。

『似てるかもしれないけど、西洋人の顔をしてるよね』

ケネスさん、自分のスマホに何やら指を滑らせ、研人に見せます。

『この絵、僕がまだ十代の頃に描いた絵なんだ』

絵を写真に撮ったのですね。これもやはり女性を描いた絵ですね。

『やっぱり上手だ。え、でもこれ、似てるよね。どっちの女性も』

そうだろう？　とケネスさん微笑みます。

『そしてね、これはちょっと内緒の話で、たぶんマードックもあまり人には言ってないと思うんだけど。小さい頃にね』

『え、なになに秘密の話？』

『マードックや他の近所の仲間と一緒に聖歌隊で通っていた近くの教会にね、聖母マリア様の絵があったんだ。日本人でもわかるよね？』

マリア様ですね。研人も頷きます。

『何となくの雰囲気は』

『そのマリア様に僕らは二人とも恋をしていた』

『恋!?』

『初恋だよ。絵の中のマリア様にね』

研人が、思わず微笑んで頷きました。

『二人ともその頃から絵だったんだ。や、なんかわかる。オレも小さい頃から音楽には夢中だったから』

うん、と、ケネスさんも頷きます。

『その絵のマリア様にね、アイコはそっくりなんだ』

『マジで?』

その話は、わたしはマードックさんから聞いていましたよ。あれはいつだったでしょうね。

『だから、初めてマードックがアイコを連れて帰ってきたとき、驚いたし笑ってしまった。内緒だよ』

『内緒?』

『日本の人にはわからないかな? 聖母マリア様に恋するなんて罰当たりじゃないか』

『あぁそういうことか。わかったけど、ひょっとして、ケネスさん、藍ちゃんに惚れた?』

ケネスさん、眼を丸くして、可笑しそうに笑いました。

『彼女は、マードックの奥さんだよ。いくら初恋の人に似ているからって、横恋慕なんかしないよ』

研人が首を傾《かし》げながら少し苦笑いしました。

『ケネスさんも藤島さんの仲間か』

『フジシマ？　誰？』

『いやこっちの話』

何を言ってるんですか研人は。

でも、マードックさんもケネスさんも同じ美的感覚を持っているということは、当たらずといえども遠からじってこともあるでしょうかね。

結局お昼になってもマードックさんは戻ってきません。連絡もありませんし、電話も繋がりません。

いよいよおかしいと皆が思っていましたが、メアリーさんに知られないようにと、ケネスさんも一緒に皆でお昼ご飯を食べました。もちろん、気取《けど》られないように、明るく楽しくお話をしながらです。

我南人からはスタジオでキースさんと一緒にいるという連絡が入っていました。

昼食も終わり、一度皆でアトリエに戻ってきます。

『僕はちょっと仕事に戻るけれど、アイコ、今日はマードックの講義はなかったんだね？　明日はあるよね』

『あるわ』

ケネスさん、少し考えました。

『念のために講義の予定を確かめて、もしも、もしもだけど、明日までマードックが戻らない場合のことを考えて、僕の方で代替えの講師を手配しておくよ』

『え、できるの？』

研人に訊かれ、ケネスさん頷きます。

『元々、マードックをあの大学に紹介したのも僕だからね。そしてもしもそうなってしまったら、その際にはマードックは風邪でも引いて病欠ということにしよう。とにかく、はっきりしたことがわかるまでメアリーさんに心労を掛けたくない。絶対にそれは駄目だ』

藍子も、真剣な顔で頷きます。

『お願いできるかしら』

『大丈夫。任せて。僕が全部連絡してどこにも不審に思われないように手配しておくから。皆も騒がないようにね』

『もしも、このまま夜も帰ってこなかったら？　ウェスさんとメアリーさんには何て言ったらいいかな？』

甘利くんが心配そうな顔で言います。

『大学の用事とするのが、いちばんいいね。急に他の教授の代わりに、どこか地方の、そうだな、グラスゴーの大学にでも、泊まりがけで美術関係の教授が集まる会議にでも行くことになったと』

『それがいいです。藍子さんがマードックさんのお泊まりの荷物を持ってちょっと出かけるのもひとつの方法かもしれません』

渡辺くんです。

『わかったわ。それがいいかも』

『そうしよう。とにかく、騒がないようにね』

それから、と、ケネスさんスマホを取り出しました。

『これも念のためだけれど、交通事故やそういうものの情報も確かめてみよう。関係各所の番号を僕は知ってるから、今戻ってすぐに電話してみるよ』

何かわかったらすぐに連絡する、とケネスさんは戻って行きました。

我南人も夕方には帰ってきたのですが、やはりマードックさんからは何も連絡がありませんでした。

*

皆がまんじりともせずに、夜が明けました。

結局わたしも東京の家には戻りませんでしたし、寝てもいなかったように思います。朝の光が部屋の中に差し込んできていますが、マードックさんは戻ってきませんでした。そして、連絡もありません。電話も繋がりません。

ケネスさんからは昨日の夜に電話があって、今のところ車の事故で入院したような方がいらっしゃったり、酒場での喧嘩《けんか》などの事件がいくつかあったりしましたが、どれもこれもマードックさんではないと話していました。本人の特徴なども教えてあるので、何かあったならすぐに連絡が入るそうです。

研人たちも早朝まで起きていたんですが、今は眠ってしまっていますね。我南人もです。

藍子は、一晩中起きていました。

でも、ウェスさんメアリーさんに心配を掛けるわけにはいきません。いつも通りに起きたふりをして、朝食を作ります。

研人たちも、元気な顔をしてキッチンにやってきて、二人と楽しく会話をしていました。打ち合わせた通り、マードックさんは急に行けなくなった教授の代わりに、グラスゴーの大学へ会議に出かけて行ったという話をしてあります。

我南人もそうですが、藍子も研人も、何だか騒ぎが起こったときにいろいろと演技をしたり誤魔化したりするのには慣れていますからね。甘利くんも渡辺くんもうまくやってくれて、ウェスさんもメアリーさんも、何も疑問を持っていませんでしたね。

そうして、朝ご飯を終えたら隣の家のアトリエにまた皆で集まります。

戻ってこないで連絡もない。そして今のところ事故などでもないようですから、これはもう何か事件に巻き込まれたか、その他に考えられないような何かがあったに違いありません。

「大じいちゃんに連絡しておこう」

研人がそう言い出しました。他に誰もいませんから、皆が日本語で話しています。

「家に？」

藍子です。

「だってマードックさん、パスポートだって持って歩いているんだよね？」

「そうね」

イギリス人のマードックさんがこちらでパスポートを持って歩く必要はまったくない

のですが、いつ何時日本に突然帰るときがくるかもしれないからと、マードックさんも藍子も普段からパスポートは持ち歩いているそうです。

「だったらさ、家にも連絡しておこうよ。いやそんなはずはないと思うよ？　何にも言わずに日本に帰るなんてゼッタイにあり得ないとは思うけど、たとえば突然記憶喪失になっちゃって、日本に住んでたことしか覚えてなくて帰ってしまうとか」

「そんなことは！」

「ないよね。あるはずないよね。でも、今、現にあり得ないことが起こっているよね？」

その通りだとわたしも思います。

「確かにそうだねぇえ」

我南人も頷きます。

「可能性がほんの少しでもあるならやっておいた方がいいねぇ。心配はするだろうけどぉ、後から何だよ騒がせて、って笑い話で済めばいいんだからさぁ。幸い親父はこれぐらいで具合が悪くなったりはしないからぁ。向こうは今何時かなぁ」

「午後三時過ぎです」

渡辺くんが、スマホで確かめていました。

「言っておこうよ」

「わかったわ」

藍子が頷き、研人がマードックさんが使っているiPadを操作して、東京の我が家を呼び出します。きっと紺のノートパソコンですね。いつも居間の座卓に持ち出して使っているものです。

ちょっとわたしは向こうに行ってみましょう。

どうやらこちらは良いお天気のようです。

居間の座卓の上に美味しそうなケーキがたくさん入った大きな白い箱が二つのっかっています。

居間には勘一と紺、それに亜美さんがいますけれど、藤島さんと木島《きじま》さんもいらっしゃいましたよ。二人揃って何かの用があったんでしょうかね。

ひょっとしたら木島さんがおやつどきにお邪魔するというので、お土産にケーキを買ってきてくれたのでしょうか。本当にたくさんありますけど、我が家に何か美味しいものを持ってこようとすると、どうしてもそうなってしまいますよね。いつも申し訳ないような気持ちになりますよ。

古本屋の店番にはすずみさん、カフェには青と玲井奈《れいな》ちゃん、それに美登里さんもいますね。今日はお手伝いしてくれる日でしたか。

花陽と芽莉依ちゃんは、きっと学校の準備か何かで外出中なのでしょう。かんなちゃん鈴花ちゃんがいないのは、玲井奈ちゃんがお仕事なので、小夜《さよ》ちゃんも一緒に池沢《いけざわ》さんとどこかへお出かけしたのかもしれません。

「うん？　電話か？」

勘一が小さなイチゴのケーキを持ったまま言います。

「マードックさんかな。あれ、研人だ」

紺がノートパソコンを操作すると、そこに研人の顔が映りました。

（親父！　大じいちゃん！）

ディスプレイの向こうで研人が真剣な顔をしています。

「どうした？」

「何かあったのか？」

（マードックさんが行方不明になっているんだ）

「マードックが？」

「え？　行方不明？」

皆がそれぞれにケーキやフォークを持ちながら、一様に眼を丸くしていますよ。驚きますよねそれは。

「どういうこった よ」

研人が、何があったかを事細かく説明しました。

（それでさ、マードックさんがそっちに連絡したり、万が一にもあり得ないと思うけれど、そっちに帰ったりしたらすぐに教えてよね）

ええぇ、と、勘一も紺も亜美さんも、そして藤島さんも木島さんも首を捻ります。研人の声が聞こえたんでしょうね。すずみさんも青もやってきました。

「いや、いくら何でも誰にも言わねぇでこっちに帰ってくることなんざぁ、ねぇとは思うが、一晩連絡もなしなんてのは確かにただ事じゃねぇな」

勘一が言い、皆が頷きます。

「あり得ないよ。マードックさんに限っては。事故の報告は何もなかったんだね？」

紺です。

（まったくない。少なくとも今のところマードックさんは巻き込まれていない。身元を示すものは持ち歩いているし、身元不明の遺体とかの連絡も、今のところはない。ケネスさんっていうマードックさんの親友の弁護士さんがいてさ、全部その人が確かめてくれているんだ）

なるほど、と皆が頷き、亜美さんの少しだけ安心したような顔が見えます。

「じゃあ、確実に何か事件に巻き込まれたか、とんでもないことが起こって連絡もできないかに違いないな」

紺も言います。

「その家に来た警察には訊いてみたの？　あ、訊いたんだっけね」

亜美さんです。

（もちろん、でも話が済んだらすぐに帰ったって。警察署を出るところまでは見送ったから間違いないって）

「ちょっと待ってくださいよ」

話を聞いていた木島さんです。

何かを思い出すようにおでこに指を当てて考えています。ディスプレイには藍子も映っていますね。身を乗り出してディスプレイの前に来ました。

「藍子さん、木島です」

（あぁ、どうも。いらしていたんですね）

「そのロイドでしたっけ？　警部補っての」

（そうです）

「最初に、マードックのことを何て呼びました？」

（と言うと？）

「『マードック・モンゴメリーさん？』って玄関先で呼んだんですよね？　さっき研人くんがそう言ってましたけど」

（そう、だったと思いますけど）

藍子が隣にいる研人の方を見ました。

（そうです、間違いないです）

ディスプレイの向こうで渡辺くんが言って、甘利くんも研人も頷いています。わたしも聞いていました。確かにそうですよ。

（間違いないよ。そう呼んだけど）

「それがどうかしたのか？」

勘一が訊いて、木島さん、眉を顰めました。

「マードックの本名は、マードック・グレアム・スミス・モンゴメリーですよね？」

（そうです）

その通りです。本当に長いんですけれど。

「普段はマードック・モンゴメリーって省略して言ったりしてますけど、警察がわざわざ訪ねてくるんなら、ミドルネームでしたっけ？　そういうのもちゃんと言って本人確認するんじゃねぇですかね？」

「そうだね」

紺が言って、勘一も頷きます。

「確かにそうだが、それがどうしたよ。それで何かあんのか？」

木島さん、顔を顰めて頷きます。

「実はね、こいつはマードックにしか話していないことなんですがね。あ、いや藤島社長にも言いましたか」

あれですか！

今、わたしは思い出しました。いつでしたか、木島さんが〈藤島ハウス〉に泊まり込んで、話していたあの件ですね。藤島さんもわかったらしく、頷いています。

「聞こえてます？　藍子さん」

（聞いています）

「もう何年前になるかな。ちょいと危なっかしいのを扱ってるライター仲間がね、関空の職員から摑んだネタを持ってきたんですよ」

「関空？」

「そうです。関西国際空港ですよ。何でも、版画や絵に隠されて薬物が密輸されてる可能性があるってね」

「絵か！」

「薬物って、本当に？」

驚いた亜美さんに木島さんがいやいや、と手を振ります。

「そんときの話では、麻薬探知犬でも見つかっていないし確定ではないけど、どうも探知できないように工夫されて絵の具か何かに混ぜているんじゃねぇかって話でね」

「そんなことできるのかよ？」

「いやわかりません。ただまぁありそうな話ではあるって思ったんですがね。その密輸に関係していたのがですね、〈マードック・モンゴメリー〉っていう名前の画商で、そいつ宛の絵が関空に送られているってネタだったんですよ」

（え！）

（本当に？）

向こうで皆が驚いています。こっちでもびっくりしていますが、藤島さん頷いています。確かあのとき、藤島さんも後で教えてもらったんですよね。

「同じ名前なんですか？　マードックさんと」

亜美さんです。

「俺もびっくりしてね。ジョンとかポールとかのどこにでもいそうな名前じゃなくて、そのものズバリの〈マードック・モンゴメリー〉ですよ。とりあえずそのネタを持ってきた男には口止めして、マードックに直接訊いたんですよ。そんなことやってるのか、何か理由があるんなら言ってくれって」

「で、どうしたんだよマードックは！　何て言ったんだ！」

「それですよ」

「どれよ」

「本名ですよ。〈マードック・グレアム・スミス・モンゴメリー〉。俺はそのときに初めて知ったんですよそんな長ったらしい名前だったってね。海外から荷物が送られてくるならちゃんとその名前で送られてくるはずだって。省略はしないから自分ではないって。そもそもどうして関空なのかって、関空になんか行ったことないってね」

あぁ、と、向こうもこっちも皆が頷きます。

「そうか、そりゃそうだな」

「間違いないよ。特に海外からの荷物で、日本に住む外国人宛であればミドルネームも含めた名前じゃないと受け取れない場合がある」

紺が言って、そうなんですよ、と木島さん頷きます。

「結局、同姓同名というか、そういう名前の奴が日本にいるんだなってことで気をつけようってマードックとも話したんです。それでですよ？　もしもその偽物マードック、いや偽物ってのも変な話ですが、そいつがイギリス人だったとしたら？」

勘一が、パン！　と腿《もも》を叩きました。

「マードックを訪ねてきたそのロイドって警官は、もともとその偽物マードックの方を調べていたってことか？　で、たまたま本物のマードックが間違われちまって、警察に呼ばれちまったか？」

「その可能性があるんじゃねぇですかね？　いやそもそもそいつがその密輸事件とかの本命じゃ？」

「ありそうな話だね」

紺も頷きます。

「藍子、その話を、ロイド警部補だったたっけ？　してみたらどうだろう。それから、警察に呼ばれて行ってその日に行方不明というのは、どう考えてもおかしいと話してみるといい。向こうも無視はしないと思うけど」

（わかったわ。そうしてみる）

「藍子さん、こっちでも俺は捜してみますよ。その偽物マードックがまだ日本にいるのかどうか」

「どうやってですか？　どこに住んでいるかもわからないんですよね？」

すずみさんです。

勘一が、うむ、と腕を組みます。

「関空ってことは、関西住みの奴かもしれねぇしな。関西となると元刑事の茅野《かやの》さんを頼っても、いくらなんでも、まるで管轄が違うところはなぁ。しかしそれしか伝手《つて》はねぇか」

「大使館に当たってみましょうか」

藤島さんが、言います。

「大使館？」

「何ヶ国か知り合いはいます。イギリス大使とも会ったことあります。あとは、駐在している特派員とか、もちろんＩＴ関係の仕事で来ている人、とにかく日本に住んでいる知人の外国の人に片っ端から〈マードック・モンゴメリー〉の名前を当たってみましょう。ひょっとしたら、どこかでそっちの偽物マードックに繋がる人が、知っている人がいるかもしれません」

助かりますね。さすが藤島さんです。

「おい、藍子」

（はい）

「俺がそっちでぶん投げたメルヴィン・マコーリーって奴もいただろう。あいつは英国秘密情報部の人間なんだろう。それからこっちに来たアダム・ブレナンってのもいたぜ。あいつは日本語ペラペラだった。そいつらに連絡取れねぇかやってみろ」

「Ｊ・Ｂは？」

紺が思い出したように言いました。

「Ｊ・Ｂさんは政府筋の偉い人なんだよね。マードックさんの幼馴染みなんだし、連絡は取れないの？」

藍子が首を横に振ります。

（まったくわからないの。マードックさんも知らないわ。でも、アダム・ブレナンさんやメルヴィン・マコーリーさんは捜してみる。さっき研人が話してた友達のケネスさんって弁護士さんがいるから、ひょっとしたら繋がりがあるかも）

「そうしろ。俺らのことは絶対に覚えているからよ。ちょいと頼ってみるのも手だ。こっちも何かわかったらすぐに連絡するからよ」

（お願いします）

電話が切れました。

「じゃあ、すぐに僕は会社に行きます。向こうの方が連絡取りやすいので」

藤島さんが立ち上がりました。

「俺も行きます。とりあえずさっき話した危ないライター取っ捕まえて、その後の偽物マードックを知らないかどうか確認しますんで」

「頼むな。俺らはどうにもできねぇから、とりあえず茅野さんに電話して、その偽物マードックについて相談してみっからよ」

任せてくださいと、藤島さんと木島さんが出て行きます。こちらではもうそれしかできないでしょうね。

「おじいちゃん、私イギリス行きましょうか」

亜美さんです。

「亜美ちゃんがか？」

「だって、藍子さん一人でしょう。お義父さんがいるとはいっても正直家のことでは何の役にも立たないし、後は研人と甘利くんと渡辺くんと子供三人の世話もしてマードックさんが行方不明って」

うむ、と、勘一唸ります。

「確かにな」

「私が行ってもそれこそ家事しかできません。それにイギリスに友人も数人いますけれど、皆ただの一般人だから何にもできないし。でも藍子さん」

「心細いわな。いやでももう少し待とうぜ。いざってときには、そうさな、研人もいるんだし亜美ちゃんに行ってもらうのがいちばんいいやな」

そうだね、と紺も青も頷きます。

勘一が時計を見ました。

「向こうで一晩経っているってことだ。もう一晩様子見て、どうにも何にもわからねぇってなったら亜美ちゃんに行ってもらうさ。準備だけしといてくれや。皆もそのつもりでな」

「わかりました」

話を聞いていた、すずみさんも美登里さんも玲井奈ちゃんも頷きました。

「まぁ、こっちは、どこへ行ってたんだよおめぇはよ、ってマードックに文句言えるのを祈るしかねぇな今は」

その通りですね。紺と話せたらいいんですけれど、今のところは研人が伝えた以上のことは、何も話すことはありませんしね。

わたしは、イギリスに戻りましょう。

Chapter 2　All for Love
第二章　オール・フォー・ラブ

一

戻ってきたら、我南人のスマホが鳴りました。

「はぁい」

電話に出ながら、皆から離れていきます。誰からの電話でしょうかね。キースさんでしょうか。

二階への階段のところで、皆に背を向けて、うん、うん、と頷き何か話しています。何か表情が変わりましたね。これは、何かがあったような顔ですけれど、何でしょう。

『わかったよぉ。すぐに行くからぁ』

英語で喋っていますね。電話を切りました。

「藍子、ちょっと僕は出てくるよぉ。しばらく戻らないからご飯のことは心配しないでぇえ」

「どこへ行くんですか？」

「またキースと会ってくるよぉ。今後のこともあるからねぇ。ひょっとしたらだけどぉ、スタジオを借りる期間を延長とか、あるいは中止ってことも考えられるしねぇ。そんなことになってほしくないけどさぁ」

研人が唇を曲げながら頷きます。

「そうだね」

「俺らは気にせず練習やレコーディングしろって言われてもね」

甘利くんです。

「とてもそんな気持ちになれないし」

渡辺くんも頷きます。

「じゃあぁ行ってくるからぁ。連絡ちゃんとし合ってねぇ」

「わかりました」

「藍子ぉ」

行きしなに我南人が藍子の肩に手を掛けます。

「心配だけどぉ、心配しないでぇえ。マードックちゃんのことだからぁ、お騒がせしましたぁってひょいって帰ってくるよぉお」

だってさぁ、と我南人が研人たちを見ます。

「マードックちゃんだって堀田家の家族だよぉ。我が家はしょっちゅういろいろあるけれどぉ、どんなことがあったって最後には笑って皆でご飯を食べられるだろうぉお？」

ニコッと我南人が笑います。

藍子も、笑顔を作りました。

「そうね。わかった」

いろいろあった原因を数多く作ってきた父親に言われたくはないでしょうけれど、確かにそうですね。

「頼むねぇえ」

我南人が手を振って出て行きました。

＊

メアリーさんは心臓が悪いといっても、普通に動けますからね。

ウェスさんもいますし、特に藍子やマードックさんが一緒についていなくてもいいので、藍子は普段から掃除や洗濯や買い物などといった日常のことを済ませれば、空いた時間はアトリエにいることが多いそうです。

「マードックさんがいれば、二人で映画を観に行ったり、どこかへ出かけることもあるし、泊まりがけで旅行することもあるわよ」

「そうなんだ」

とにかく、藍子や、ましてや滞在中である研人たちが他にできることは何もありません。連絡を待つしかありません。

藍子が車を出して、とりあえず研人たちと一緒に日常のお買い物を済ませて帰ってきました。毎日の食事はきちんとしなければなりませんからね。研人たちは普段着も買ってきたみたいですよ。

藍子は、アトリエで絵を描くからとウェスさんとメアリーさんに言って、こっちにいました。研人たちもスタジオ入りはもう少し後だからと言ってあります。

「ケネスさん、来るんだよね」

研人が言います。

「もう来ると思う。車を少し離れたところに置いて、お義父さんお義母さんにわからないように歩いてくるってメールがあったから」

仕事もあるのに、そしてマードックさんもいないのに連日朝から来ていたら不思議に思いますものね。

「あ、来たよ。歩きながら電話してる」

窓のところにいた甘利くんがそう言ったときです。

皆がびっくりしました。

スマホが同時に鳴ったのです。

四人とも誰の？ という顔をしましたが、鳴っているのは藍子と研人のスマホですね。

「え？」

近くにいた藍子の画面を覗き込みました。番号が出ていますが、名前は出ていません。

「知らない番号だわ」

「オレも。え！ 同じ番号じゃん！」

驚きですね。確かに同じ番号から電話が掛かってきています。そんなことができるんでしょうか。

皆が顔を顰めます。知らない番号には普段なら出ないこともあるでしょう。でも、今はこんなときです。

「藍ちゃん、同時に出て、スピーカーで一緒に聞こう」

「そうね」

二人で同時に出て、スピーカーで音を出しました。

『もしもし』

二人で同時に英語で答えました。

一瞬、間がありました。

（マードックのことは心配するな。すぐに戻ってくる。そのまま騒がずに待て）

「え!?」

全員が声を上げてしまいました。そして、そのままプツッ、と電話が切れました。

「え！　なんだよ！」

研人が藍子と顔を見合わせます。

「今のは、何？」

「男の声だったよね？」

甘利くんが言います。

「合成音じゃないよね。普通に人間の声だった」

渡辺くんです。

「犯人？」

研人です。

「明らかに犯人からの電話じゃん。マードックさんを拉致して連れて行ったってことだよね!?」

ドアがノックされました。

近くにいた甘利くんがドアを開けますが、ケネスさん、まだ電話でどなたかと話していますね。

「ケネスさんだ」

軽く手を上げ、電話中ですまないね、というような表情を見せながら入ってきます。

『わかりました。間違いなく伝えておきます。ありがとうございます。はい、何かあればお知らせします』

スーツを着たケネスさんが、電話を切り、少し笑みを見せます。

『おはよう。アイコ、たった今ロイド警部補から電話が入って話していたんだ』

『ロイド警部補？　何かあったの？』

『マードックのスマホに電話したんだけど、何故か繋がらないし家の番号も知らなかったので友人の弁護士だという私に電話してきたようだ。昨日そう話したからね。それで、事情聴取した件はこちらの間違いだったたって伝えてほしいと』

間違いですか？

『どういうこと？』

『まったく別人のマードック・モンゴメリーがいたらしい』

藍子や研人や皆が、思わず顔を見合わせました。

それは、さっき木島さんと話したばかりですが、もちろんケネスさんがそれを知っているはずがありません。

『そいつの方がどうやら本命だったらしくて、つい先程、そっちのマードック・モンゴメリーを見つけて捕まえたらしい。逮捕ではないけれど話を聞くためにね。迷惑を掛けて申し訳なかったって』

『そのマードック・モンゴメリーは、イギリスにいたんだね？』

研人が訊きます。ケネスさんはちょっと眼を大きくさせて、頷きました。

『もちろん、そうなんだろうね。見つけて捕まえたというんだから』

研人が少し顔を顰めました。皆と顔を見合わせます。

そこで、ケネスさん、皆の様子がおかしいことに気づきましたね。

『何かあった？』

『ケネス』

『たった今、こっちにも電話があったんだ』

藍子が言いかけましたが、すかさず遮るように研人がそう言いました。研人がじっとケネスさんを見ています。

『電話？　誰から？』

研人が藍子を見ます。藍子は、頷いて続けました。

『わからないの。知らない番号から、私と研人の電話に同時に掛かってきて、「マードックのことは心配するな。すぐに戻ってくる。そのまま騒がずに待て」って』

『ええっ!?』

ケネスさんが心底驚いています。顔を顰めました。

『いったい、誰が、そんなことを』

『全然わからない。男の声だった』

研人が言うと、男の声、と、ケネスさんが小声で繰り返します。

『もちろん、聞いたことのない、知らない男の声だったんだね?』

『オレはもちろんだけど、藍ちゃんもまったく聞き覚えはないよね?』

研人が言って、藍子も頷きます。

『わからないわ』

『誘拐犯じゃんって皆で言ってたんだよ。明らかにマードックさんを連れて行って、預かっているって電話だって』

研人が言うと、ケネスさんも頷きます。

『それは、確かに』

『かかってきた番号に電話してみる? そして警察に電話する? ロイド警部補にすぐ折り返し電話できるよねケネスさん』

『いや、ちょっと待って』

手を広げて、ケネスさんが眼を細め、考えています。

『まずは、第三者の関与が明らかになったと考えていいわけだ。マードックの行方不明に』

そういうことです。自ら失踪したわけじゃないですねこれは。マードックさんの自作自演もあり得ないでしょう。

『ある意味では、その電話は信用できるんじゃないかなって思うんです』

渡辺くんです。

『信用？』

『はい』

『何故だい？』

『電話は、藍子さんと研人のスマホに同時に同じ番号から掛かってきて、同じ内容だったんですよ。たぶん録音した声だって思いました』

『俺もそう思った』

『間違いないよ』

甘利くんと研人も頷きます。

ミュージシャンで耳がいい三人が揃って録音した声だと言っているんですから、そうなのでしょうね。前にもいつだったか研人は、録音されたものとそうでないものを聞き分けていましたよね。

『そんなことができるのはそれなりに知識とテクニックが必要で、しかも二人の電話番号を知っていたってことなんです。イギリスに住んでいる藍子さんはともかく、来たばかりでこっちのプリペイドを買って使っている研人の番号を知ってるなんて』

『そう、このスマホの番号はまだ家族や、こっちでお世話になる人にしか教えていないんだ』

研人が続けると、そうか、と、ケネスさん頷きます。

『そういう調査ができる人間ってことか』

『あるいはさ、俺たちのことを知っている人間。つまり電話を掛けてきた人間が、マードックさん本人から聞いたってことだよね！』

甘利くんです。

『あるいはマードックさんのスマホから調べたかですね』

渡辺くんが付け加えます。そういうことになりますよね。スマホの番号は全員で確認しながら登録していましたものね。

『だから、少なくとも、マードックさんの安全は一応は保証されたんじゃないかって思ったんだけど、どう思いますケネスさん』

渡辺くん、冷静ですね。

バンドのフロントマンは間違いなくボーカルでありほとんどの作詞作曲をする研人なんですけど、実はリーダー的な存在は渡辺くんなのですよね。クラスの委員長とかもずっとやっていましたし、生徒会長まで務めました。

ケネスさんも、顔を顰めながらも、うん、と、頷きます。

『それは、確かにそう考えることもできそうだ。しかし、いったい誰が、何の目的で』

わかりません。そもそもマードックさんを誘拐するように連れて行くって、どういうことなのでしょう。

ケネスさんが真剣に考えて、小さく何度も頷きます。

『目的も何もわからないけれど、そういう連絡をしてきた向こうが騒ぐなと言っているんだから、これ以上は何もしない方がいいかもしれないね』

『私もそう思ったのだけど、そう考えるしかないかしら』

藍子がまだ不安そうに言います。

『僕は、ロイド警部補に事情を話して、マードックを捜してもらおうかと思っていたんだ。さっきの電話のときには、皆に確認を取ってからにしようと思っていたから伝えなかったんだけど、こうなると、その電話もしない方がいいか。何よりもロイド警部補の誤解でそっちは終わったと思っていい。マードックの行方不明は、警察の事情聴取とは無関係だったってことだ』

藍子が考えます。

『待ちましょう。その方がいいような気がするわ。悪戯でできるような電話じゃないし、少なくともマードックさんが行方不明であると知っている、私たち以外の人からの電話だったんだから』

ケネスさんも頷きます。

『わかった。そうしよう。よし、僕はいったんギャラリーに行くよ。少し片づけなきゃならない仕事があるんだ。それが終わり次第また来るから』

研人の眼がふいにわたしを捉えました。

今、見えたのですね。

そして、研人は急に何かを思いついたように目配せしたのです。顎をくいっ、と誰にも気づかれないようにケネスさんの背中に向けました。

それはケネスさんを追えと言ってるんですか？　研人。

『お願いします』

藍子にそう言われて、ケネスさん頷きながら家を出て行きます。わたしもすぐに追いましたよ。研人が何を思ったかわかりませんが、勘の鋭いあの子はケネスさんに何かを感じているんでしょう。

ケネスさんは急ぎ足で車を停めたところまで歩いていきます。そしてちらっと後ろを振り返ると、スマホを取り出しました。

どこかへ電話を掛けています。

『ロイド、僕だ』

今、ロイド、と言いましたね？

『おかしなことになっている。変な男から電話が入っているんだ。今は話せないか？じゃあ後で電話くれ』

電話を切ると同時に車のところに着きました。さっ、と乗り込みあっという間にタイヤを鳴らす勢いで走っていってしまいます。

乗り込む暇もありませんでした。

どういうことなんでしょう。確かに『ロイド、僕だ』と言いましたよね。とても親しい間柄のような感じでした。

別のロイドさんでしょうか。わたしでも聞いたことのある外国人の名前ですから、こちらではそれほど珍しくはないのかもしれません。

でも、そんなことはありませんよね。『変な男から電話が入っているんだ』と続けました。それは間違いなくさっきの謎の電話のことでしょう。

ですから、ケネスさんが今電話したのは、ロイド警部補でしょう。

ケネスさんと、ロイド警部補は最初から繋がっていたのでしょうか。

そうすると、マードックさんを連れて行ったのは、ロイドさんとケネスさんの計画ってことでしょうか。

いいえ、それは違いますよね。

ケネスさんとマードックさんは親友なんですから、何かあるなら頼めばいいだけの話です。誘拐のような真似をして、皆に心配を掛けて、マードックさんを行方不明にさせる意味がわかりません。そして、ロイド警部補は、警察官です。いくら何でも警察官が誘拐に関与しているなんて。しかも、赤の他人のマードックさんの、です。

でも、研人が、ケネスさんを追えとわたしに目配せしたのは、何か怪しいと感じていたのでしょうか。

戻りましょう家に。

研人たちが何かを話しています。

「ケネスさんさ、すぐに家に来たよね。ギャラリーでさ、二、三日は忙しくて寄れないから歓迎会は後からとか言ってたのに」

「そういえばそうだよね」

研人に甘利くんが頷きます。

「おかしくない？　藍ちゃん」

「おかしいって？」

「何もかもさ、ケネスさんが仕切ってくれてさ、そりゃあ助かったけれども、全部最初っから考えていたみたいにさ、ケネスさんだけが動いてくれているんだよ。ロイド警部補からの電話も、ケネスさんに入ってる」

それは、と、藍子が言ってから、ふと首を傾げます。

「そういえば、そうね」

「ロイド警部補だってさ、家までわざわざ来たのに、家の電話番号を知らなかったからケネスさんに掛けたって言うけど、それはないと思わない？　警察なんだからあらかじめ全部調べてから来ない？　そこの家の電話番号ぐらいすぐに調べられるんじゃん？　警察なんだから」

確かにそうです。

「それは、ケネスがマードックさんの行方不明に関係してる、計画でもしてたって言うの？　研人」

「それは、わからない。さっきの謎の電話で余計にわからなくなっちゃった。でも、何となく、何となくずっと変な感じがしていたんだあのケネスさん。ギャラリーで初めて会ったときから」

「僕も、ちょっと変というか、感じました」

渡辺くんです。

「僕らが日本から来てマードックさんの家にいるって聞いたときに、眼が泳いでいたんですよあの人。少なくともそう感じて、あ、何か歓迎されていないのかなって。なんか、それこそ予定外のことが起こってしまったな、みたいな雰囲気を感じたんですよね」

藍子が、下を向き考えます。

「だとしても、全然わからないわ。ケネスがマードックさんを隠す理由がないもの。そんなこと計画する意味が全然ないのよ」

「だろうけどさ」

研人も顔を顰めます。

「あ」

東京の我が家からのテレビ電話ですね。マードックさんのiPadが鳴っています。藍子が操作すると、ディスプレイに勘一が映りました。隣には紺がいます。

(おい藍子。わかったぞ)

「おじいちゃん、何がわかったの」

(例の偽物マードックのことに決まってんじゃねぇか)

「え!」

研人です。

「もうわかったの大じいちゃん！」

（俺が調べたんじゃねぇけどな。木島がさっさと見つけちまったのよ）

（別に俺の手柄じゃねぇですけどね）

木島さんが横から顔を出して言いました。

（言ったでしょ、ちょいと危ないライターからの情報だって）

「はい」

（そいつを取っ捕まえて、詳しいことを確認させたんですよ。そうしたら、その偽物マードック・モンゴメリーは今は東京にいるっていうじゃないですか）

「えっ！」

四人とも驚きました。

わたしもびっくりですよ。確かにこっちで捕まえたと言っていましたよねケネスさん。

「東京に、いたの？」

（おう、間違いねぇようだ。木島がちゃんと確認してきた。しかもな、そいつはイギリス人でもねぇ日本人だった）

「日本人」

（とは言っても、イギリス人とのハーフらしいですけどね。とにかく本物のマードック

とは似ても似つかない男ですよ。まぁ年齢は同じぐらい、かな)

「何か、犯罪に関係している人なんですか?」

藍子が訊きました。

(そこんところはまだわかんねぇですけど、やってる商売は一応は真っ当な画商ですね。小さいですけれどギャラリーも有楽町でやってましたぜ)

(会社の登記はきちんとしていましたね)

藤島さんがディスプレイに登場して続けました。

(少なくとも表向きはきちんとしたギャラリーです。本人もちゃんと店に出ているようです)

(今んところは、これ以上は何もできないんでね。下手に接触して何かまずいことになっても困るんで。でも、ちゃんと見張ってますよ。心配ねぇです)

(どうだ、そいつの写真とかもそっちに送るからよ。こいつをそのロイド警部補とかに知らせてやりゃあ、何か事態は動くんじゃねぇか)

「おじいちゃん、それがね」

藍子が言おうとしたのを、研人が遮って続けました。

「大じいちゃんサンキュ!　木島さんも藤島さんもありがとう!　まだマードックさんは見つかってないんだけど、でもね、大丈夫なことは確認できたみたい」

（あ？　そうなのか？）

（見つかってないのに、大丈夫なのか？）

紺ですね。

「や、詳しく話をするととんでもなくめんどくさくて長くなっちゃうんだけど、とにかくマードックさんは無事みたいな感じがする、ってことが、本当にたった今、ついさっきわかって藍ちゃんもちょっと安心したんだ。それで、これからそのよくわからない部分をオレたちで突き止めるからさ。またこっちから連絡するから。待ってて。あ、待っててっていうのはそっちは普通にしててってことね。別にパソコンの前で待ってなくていいから」

（ちょっと研人）

亜美さんの声がして、ディスプレイに入ってきましたね。

（オレたちで突き止めるって、あなたはまだ子供なんだしそこはイギリスなのよ？　こっちにいるならまだしも、あなたはただの旅行者よ）

「いやわかってるって」

（我南人の姿が見えねぇけど、あいつはどこ行ってんだ藍子）

「お父さんは、たぶんキースさんと一緒だと思う」

（キースとか。じゃあ、あいつはあいつで何かやってんだな？）

「たぶん。お父さんは放っておいて大丈夫だろうから」

勘一が顔を顰めながらも頷きました。

(まぁ、わかった。とにかくマードックが無事っぽいことは確かなんだな?)

「無事っぽいよ。それは間違いないと思う。他に何かわかったらすぐに教えるから」

(よし、わかった。あ、その偽物マードックの写真とかは藍子のメールの方に藤島が送っておくからな)

「わかった。ありがとう」

電話が切れました。

「そうね」

藍子が暗くなったディスプレイを見つめながら言いました。

「ロイド警部補から、こっちで別のマードック・モンゴメリーを見つけて捕まえたって言われたって。それはおかしなことだって向こうに説明してもしょうがないものね」

「そう。藤島さんも木島さんもめっちゃ動ける人なんだからさ、余計にこんがらがっても困る。藤島さんなんか下手したら飛行機チャーターしてこっちに来ちゃうよ」

確かにそうです。藤島さんはプライベートジェットも持っていませんでしたか? あれは海外へも飛べるんでしょうか。

「それよりも何よりも、東京に〈マードック・モンゴメリー〉がいたってことだよ」

「こんな珍しい名前の人が本物と、偽物と、そして新たなマードック・モンゴメリーの三人も出てくるはずないよな」

甘利くんが言うと、渡辺くんも頷きます。

「そうだよ。〈マードック・モンゴメリー〉は二人しかいないはず。とりあえずはね。だから誰かが嘘をついているんだ。勘一さんたちがそんな嘘をつくはずないから」

「嘘をついているのは、ロイド警部補」

研人が言うと、藍子が溜息をつきました。

「もしくは、ロイド警部補から電話があったと言ってきたケネスってことね？　その電話自体が嘘だって」

「そう」

首を横に軽く振りました。

「わけがわからないわ。どうしてこんなことになっているのか」

藍子が肩を落とします。無理もないですね。ケネスさんは、きっと誰よりも信頼していた方なんでしょう。

「これからどうする研人」

甘利くんが訊きますが、研人も唇を真一文字にして、難しい表情を見せます。

「何にもできないんだよ。できるとしたら、ケネスさんを問い詰めることぐらいだけど、それだって確信があるわけじゃないから下手打ってもまずい。マードックさんがとりあえず安全だってことはわかったけれど、でも」

「でも?」

研人が、思いっきり顔を顰めました。

「ただの想像だよ? 藍ちゃんも聞いてよ」

「うん」

「マードックさんがいなくなった。もし、仮に、ケネスさんがロイド警部補と何かを企《たくら》んでそうしたんだとしても、マードックさんや藍ちゃんを傷つけるようなことは絶対にしないんだ」

「何でだ?」

甘利くんが首を傾げます。

「そうしようと一生懸命だったじゃんケネスさんは。マードックさんが大学休むのを手配したり、メアリーばあちゃんに知られないように考えたり、とにかく少しの間マードックさんがいないだけってことにしようとしていた。そうだよね? マードックさんをどうにかしようと思っていたんなら、そんなめんどくさいことしない」

「確かにな、そうか」

甘利くんが、パン! と、手を打ちました。

「最初からそうだよ！　ロイド警部補が来たときにさ、玄関先でさ『ちょっと外へ。それとも、お隣はアトリエだそうですが、隣で話を』ってマードックさんに言ったじゃん！　覚えてる？」

「覚えてる。言った」

言いましたね。わたしも聞いていましたよ。

「あのときは何とも思わなかったけど、ロイド警部補もケネスさんから聞かされていたから、メアリーばあちゃんに聞かれないようにそうしようっていう計画だったんじゃない？　じゃなきゃ、警察がいちいちそんな気を遣わないよ」

「隣がアトリエだって知っていたわよね。それなのにうちの電話番号を知らないというのも確かに変よね」

藍子が頷きながら言います。

「そうじゃん！　最初からそうだったんじゃん！」

甘利くんもうんうんと頷いて、研人が続けました。

「もしもさ、オレたちが来ていなかったら、どうなっていたかなって考えようか」

「俺たちがいなかったら？」

「たぶんさ、たぶんだけど、ケネスさんは朝からこっちに来て、藍ちゃんとマードックさんと皆で朝ご飯でも食べていたんじゃないかな。そんなことよくあったんでしょ？」

藍子が頷きます。

「あったわ。泊まっていくこともあったから」

本当にケネスさん、藤島さんみたいですね。

「それでさ、たとえば昨日の朝みたいにロイド警部補が来てさ、ちょっと警察に来てほしいって言われたときに弁護士のケネスさんが一緒にいれば、ただ事情を聞くだけなんですね？　間違いないですね？　って弁護士が警察に念を押したりなんかしたら藍ちゃん、めっちゃ安心じゃん！　落ち着いて、じゃあ行ってらっしゃい、ってなるんじゃん？　そういう状況を作ったんじゃないかな」

「確かに」

甘利くんも渡辺くんも頷きます。その考え方は、確かにありますね。

「そうしておいてさ、用事があるから後からヤードに僕も向かいますとかなんとか、とにかく時間差みたいなことしておいて、戻ってきたらマードックさんが帰ってこない、いや僕がここにいるからとにかく落ち着いて、とかさ！　いろいろやったと思うんだよ周りに何も迷惑を掛けないように、マードックさんを行方不明にさせても心配を最小限にするために。それがいったいどんな目的なのかはさっぱりわからないけどさ」

「そうか」

甘利くんも頷きます。

「その計画に、俺たちはまったくの予定外だった。人数が増えたら増えただけ騒いじゃうから、皆を納得させるような状況にしなきゃならない。藍子さんを落ち着かせたり安心させたりするのは、父親である我南人さんがいるから逆にそこに任せた方がいいんじゃないかとか、自分がいるよりはひょいと後から寄ったことにした方が自然だとかなんとか？」

「そんな感じ？　わかんないけどさ。一生懸命になんとか誤魔化そうとしていたんだ。そしてたぶんそれは上手くいっていたはずなのに、またケネスさんにとっても予定外のことが起こったんだよ」

「あの電話だ！」

渡辺くんです。

「『マードックさんは無事』、っていうあの電話は、ケネスさんにとっても全然予定外だったんだ。予定外どころか、どういうことかさっぱりわからない」

その通り、と研人が頷きます。

「間違いないと思うよ。あの驚き方はまったく考えもしなかったことが起きたからなんだ。つまり、何度も言うけど、仮にこれがケネスさんとロイド警部補の何らかの計画だとしたら、そこに全然違う誰かが突然加わってきたんだ」

「それは、誰なの？」

藍子が言いますが、研人は首を横に振ります。

「わかんないよ。突き止める方法は、ケネスさんが戻ってきたら一か八かで問い詰めるか、後は」

研人がちらりと辺りを見回します。これはきっとわたしを捜していますが見えていませんね。

「誰かが、何とかしてくれるのを期待するしかない」

「誰かって？」

「まぁ、じいちゃんとかね」

「お父さんが？」

そう、と、研人が外を見ます。

「たぶん、じいちゃんはキースと何かしてるよ。いっつもそうじゃん。じいちゃんがふらっとどこかに行ったときは、何かしてるんだ」

「何かって」

「これもたとえばだけど、J・Bさんを捜しているとかさ」

甘利くんと渡辺くんが首を傾げます。

「今朝も紺さんが言ってたけど、それは誰？」

そうですね。甘利くんと渡辺くんは知りませんね。そもそも会ったことがあるのは勘一と我南人と紺。そしてキースさんだけですよね。

「何でもイギリスの政府関係の偉い人らしいけどオレも全然わかんないし、ゼッタイに連絡がつかない人らしい。でも、マードックさんの友達なんだ。前も、マードックさんに突然連絡してきていろいろ助けてくれたことがあるんだ。だから」

「我南人さんがキースさんを通じて捜してるかもってことか。キースさんは超有名人だから何か伝手があるかもって」

「そういうこと。ひょっとしたらじいちゃんも何か感じて、言わないでおこうとしているのかも。万が一でもケネスさんの耳に入らないように。まずいことにならないように」

そんなふうに言われるとそうかもしれないと思います。

とんでもないことをいろいろやってくる我南人ですが、勘一も信頼はしていますものね。こういうときに勝手に動く我南人を。

それにしても、もどかしいです。

さっきケネスさんがロイド警部補に電話していたことを、親しそうに話していたことを研人に伝える術《すべ》がありません。

もしも伝えられれば、一か八かではなく、ケネスさんを問い詰めることもできるかもしれません。

紺か、かんなちゃんがいれば。

あ。

思い出しました。

ひょっとしたら、いるのかもしれません。

かんなちゃんみたいな人が。

二

スコットランドヤードです。

あ、ニューがつくんでしたね。

ニュー・スコットランドヤードに飛んできました。

昨日ここで車を降りたとき、確かにジュンさんはわたしの方を見たのですよ。そしてびっくりしていたのです。思えばマードックさんの家にロイド警部補と一緒に来たときにも、わたしと二度眼が合っていたのですよね。

あれは、わたしがそこにいる、とわかっていた眼だと思うのです。

あのときは、わたしがそこにいる普通の人間だと思っていて、それこそ研人たち誰かの祖母だと思っていたから驚かなかったのでしょう。

でも、その後に、いきなり車からドアも開かずにひょいと出たから。

わたしは小さいですし、乗り込むときには見えていなくて、乗っている間も真後ろだったので完全に死角に入っていたのでしょう。

どこにいらっしゃるのかはわかりませんが、一階からしらみつぶしに回っていけばきっと会えるはずです。

そして、わたしを見たらまたびっくりするはずです。

正面から入っていきました。立派な建物ですね。私服姿の方も、制服姿の方もたくさんいらっしゃいます。

こちらの警察官の制服は格好良いですね。日本の警察官の制服も悪くはありませんが、もう少しセンス良くできないものかと思います。

まぁ警察の服装のセンスがよくてもしょうがないのですけれど。

こういう建物の中を回るときには、左回りに回っていけばいいと言いますよね。何となく左へ左へと回りながら進んでいくと、どこかのドアから出てきた黒髪の女性がいらっしゃいました。

あの方です。ジュン・ヤマノウエさん。

柔らかそうなグリーンのカーディガンに花柄のフレアーのロングスカート。靴がスニーカーというのはいかにも行動的に働く感じがしてお似合いです。腕にコートを引っかけていますからどこかへお出かけでしょうか。

向こうへ歩いていくので急いで後を追って、前に回り込みながら声を掛けました。

『ジュンさん、あなた、わたしが見えていますね？』

一応、英語で話しかけました。

ジュンさん、眼を思いっきり大きくして口も開けました。

『あなた』

パクパクと口を動かします。

『喋っている』

『そりゃあ、喋りますとも』

死んでしまっていますけれど、そもそもが人間なんですから、きちんと言葉を喋ります。

『え、ちょっと、ちょっと待って、ください』

手のひらを思いっきり広げて胸の前でバタバタさせています。反対の手に持った書類ケースを落としそうです。

驚くのも無理はありませんけれども。

でも、完全にわたしが見えていますよね。そしてわたしの言葉も聞こえていますよね。つまり、このジュン・ヤマノウエさんは、うちのかんなちゃんみたいな人ってことですよね。

でも、どうなんでしょう。ここはイギリス。ジュンさんは日本人とのハーフなんでしょうけれど、イギリス人。宗教とかの違いでどうこうはないんでしょうか。それを今考えてもどうしようもないんですけれど。

『ちょっと待ってください。ここでは』

ジュンさんが小声で辺りを見回しながら言います。

そうでした。ここはニュー・スコットランドヤードの廊下です。

こんなところでわたしと話していては、ジュンさんがただ壁に向かって独り言を言っているように見られて、どうかしてしまったかと誤解されてしまいます。

『どうしましょうか。どこか、この近くで二人きりになれるところはありませんか？』

わたしもつい小声になってしまいましたが、それは無意味ですよね。

ええっと、と、ジュンさん考えます。

おでこに指を当てるのはきっとこの方の考えるときの癖なんですね。うちの勘一などはよく腕組みしていますけれど。

うん、と、ジュンさん大きく頷きました。

そして、くいっ、と手招きします。ついてきてくださいということでしょう。歩き始めたジュンさんの後ろをついていきます。

わたしが車を降りたときも驚いていましたけれど、もっととんでもなく驚いたのは今わたしが喋ったときですね。

ひょっとして、ジュンさんは普段から幽霊というかゴーストというか、わたしのような存在のものを見ているけれど、話したことはなかったんじゃないでしょうか。実際、喋ったら突然驚きましたものね。

わたしはちっともそんな方々を見たことがないんですけれど。

ジュンさん、ドアを開けて外に出て行きました。駐車場ですか。どうやら、車に乗り込むようですね。

良い考えですね。車の中ならば、喋っていても誰にも聞こえません。

歩いていった先には、これは前にも乗った警察車両。きっとジュンさんとロイド警部補の〈美術骨董盗難特捜班〉の車なんでしょう。

ジュンさんが助手席の扉を開く前にひょいと擦り抜けて乗り込むと、ちょっと眼を丸くさせてから、自分は運転席に乗り込んできました。

扉を閉めて、シートベルトもして、エンジンも掛けます。ただ乗っていては通りかかった同僚の方々に変に思われるからでしょう。

『ご婦人は、ゴースト、ですよね？』

　面と向かって幽霊と呼ばれたのは、そういえば生まれて初めてかもしれませんよ。生まれてと言うのも変ですけれど。ジュンさんはもう慌てていません。冷静ですね。警察にお勤めのせいなのか、元々幽霊というものに慣れているのか。

『あ、でも』

　ジュンさん、口を押さえました。

「日本語の方がいいんですよね？　幽霊なんですよね？」

「英語でも話せますけれども、どちらがいいですか？」

「いえ、私もどちらでも不自由なく話せますが」

　ジュンさん、頷きながら言います。こうなるとお互い便利ですね。

『では、せっかく今はイギリスにいるんですから英語で話しましょうか。ゴーストと呼ばれるのは何となく心外なのですが、確かにゴーストかもしれません』

　何せ、わたしは死んでしまったのに、自分がどうしてここにいるのかもわからないのですから。幽霊と言われればそうなんだろうな、と思うだけです。

『そうですよね。すみません』

『いいえ。申し遅れましたが、わたしは、堀田サチと申します。普段は東京に住んでいます。ジュンさんのことは、あのときにご紹介されたので知っていますよ』

『いらっしゃいましたよね。マードック・モンゴメリーさんのお宅に。私は、てっきり日本から来たどなたかのグランマだと思っていました。ゴーストなんて思っていませんでした』

やはりそうでしたね。二度も眼が合っていましたものね。

『祖母であることは間違いないですよ。わたしはマードックさんの義理の祖母であり、マードックさんの妻である藍子の実の祖母です。あそこにいた若者たちも覚えていますか？』

『可愛い男の子が三人いらっしゃいましたね』

『髪の毛がくるくるの男の子が、わたしの曽孫《ひまご》の研人です。他の二人は彼のバンドのメンバーです』

なるほど、と、ジュンさん頷いてから、少し首を捻りました。

『すると、金髪でしたけど日本人の背の高い年配の方が』

『そうです。わたしの息子の我南人といいます』

ガナト、と繰り返しました。

『すみませんサチさん。私は日本語は喋れますけど、漢字の読み書きはそれほど上手じゃないんです。ガナトって日本人としては少し変わった名前だと思うんですが、全然漢字が浮かんできません』

大丈夫です。我南人の名は、日本人でも大抵の人が聞いただけではその漢字が浮かんできません。

『そうなんですよ。我、南の人、という漢字を書いて、我南人と読みます。おそらく日本でも一人しかいないと思いますよ』

とにかく珍しいのでいろいろからかわれたりもしましたけれど、本人はものすごく気に入っています。

『サチさんのお名前は』

『わたしは、カタカナなんですよ。堀田という名字は、お堀という字に、田んぼという字です』

『日本語の読み書きは大変なんですよね。漢字とひらがなとカタカナの全部を覚えなきゃならないので』

そうですよね。

英語ならアルファベットの文字を覚えるだけで済みますけれど、日本語は面倒臭いと思います。しかも方言とかで喋られたら、もう同じ日本人でもわからないことがよくありますからね。

ジュンさん、周りを見回しました。

『ちょっと車を出します。ここにじっとしていて喋っているのも、誰かに見られたら変に思われるので』

『あ、でもこのまま出てきて大丈夫なのですかお仕事は』

『大丈夫です。この書類を外へ届けるために出てきたのでちょうど良いです。車で行くのは予定外でしたけど、急ぎではないので問題ないです』

『そうですか、どこへ行きますか』

少し考えてから、車を発進させました。

『近くの墓地へ』

墓地ですか？

『ジョークを言ってるのではないです。墓地ですからほとんど人は来ませんし、墓石に向かって話しかけていても誰も不思議に思わずむしろ放っておいてくれますし、盗み聞きしたりもしません』

確かにそうですね。上手いところを思いつきましたね。

『それに』

ちらりとどこかを見ましたね。

『監視カメラが少ないんです』

監視カメラですか。

『ロンドンでは、どこへ行っても監視カメラの眼があるんですよ。私たちは常に記録され続けています。こっちのゴーストがその映像に映っているのは見たことないんですけど、サチさんも映らないんでしょうか？』

『どうなんでしょうね。そういう力を持った人が写真を撮ると写っていたという話は聞きますが』

かんなちゃんはトイカメラでわたしを撮ったことがありましたよね。紺が慌てて全部消していました。でも監視カメラにうちのかんなちゃんみたいな力はないですよね。

『大丈夫だと思いますよ』

そういえば、この車に乗るのは二回目ですけれど。

『昨日、この車に乗っていたんですが、気づきませんでしたか？』

『やっぱりそうでしたよね!?』

『マードックさんを乗せて行ったときです。わたしはすぐに運転席の後ろに乗り込んだんですよ』

『まったく気づきませんでした。庁舎の前で突然降りて行ったのを見て、あの後、眼の錯覚だったのかどうかすごく悩んでいました』

すみませんでしたね驚かせてしまって。

『それで、ジュンさん。改めてお訊きしますけれど、あなた、こうして幽霊が見える方なんですね？』

そうなんです、と、ハンドルを握りながら頷きました。

『物心ついたときから、ずっとです。もちろん、小さい頃はゴーストだとは認識していませんでしたけど。どうして見えるのかは、さっぱりわからないんです』

『大丈夫ですよ。わたしもどうしてこんなふうになっているのかさっぱりわからないんですから』

ジュンさんが少し笑いました。

『あの、サチさん、いつお亡くなりに？』

『もう十年以上も前ですね。七十六歳で病で』

そうでしたか、と言ってから言葉に迷いましたね。

『本人に向かってご愁傷様です、は、いいですからね』

『どうしようかって一瞬思っちゃいました。何せ、ゴーストとお話しするのは初めてなんです』

やっぱりそうなんですか。

『でも、こうして幽霊を見ているんですよね』

『見ているんですけれど、こっちにいるゴーストの皆さんはまったく喋らないんです』

喋りませんか。それでわたしが喋ったのでさっきは驚いたのですね。

『喋らないどころかあまり動かないし、見ている私を見たりもしません。ただ、心ここにあらずって感じで立っていたりするだけなんです。もちろん話しかけても反応しません』

動かないんですか。そしてこっちを見ないんですか。それはまるで死体みたいですね。いえ死んでいるんでしょうけど。

『イギリスの皆さん、というか、こちらのゴーストの皆さんは全員そうなんでしょうかね』

『全然まったく本当にわかりません。私、霊媒師でもないし、自分にそんな能力があるとは思ってないので』

『ただ見えてしまうだけなんですね』

大きく頷きます。

『そうなんです。とにかく、見えるんですよ。そして彼らは突然現れたりするので、私歩いていていきなり眼の前に出てきたら反射的に避けちゃうんですよ。傍《はた》から見てると私が突然よろけたように見えるので、心配されたり変な顔されたり』

あぁ、それは確かに大変かもしれません。

わたしで考えると、我が家で研人が突然見えたわたしにぶつからないように避けたりするようなものですよね。

でも研人がそんなふうにしたことはありませんし、そもそもぶつかりません。もしぶつかったら弾《はじ》かれちゃいますけれど。こちらのゴーストの皆さんは弾かれるのでしょうか、それとも擦り抜けるのでしょうか。

『日本ではサチさんみたいな、まるで生きているみたいなゴーストはたくさんいるんですか？』

『それが、わたしは一度も見たことないんですよ、同類は。まるで、わたし以外はいないみたいに』

『そうなんですか？　ひょっとしたらゴースト同士は見えなかったりするんでしょうかね』

なるほど。その考えはありませんでした。

もう少しかんなちゃんが大きくなって、いろいろ判断できるようになったら訊いてみましょうか。

『確かにそうですね。あら、でもこれから墓地に行くんなら大変じゃないですか？　たくさんいらっしゃって』

それが、ってジュンさん少し肩を竦めます。外国人の方はそういう仕草が似合いますよね。

『今まで墓地に行って、ゴーストに会ったことはないんです。会うのはどこかの街角とかビルの中とか』

そういうものなのですか。

『あそこです』

レンガ塀が見えましたね。墓地が塀に囲まれているんでしょうか。あぁでも普通の柵の部分もありますか。西洋風の墓石が見えるところもありました。

『駐車場に停めて、中に入っていきますのでついてきてください。目当てのお墓がありますから』

目当てのお墓。

『どなたか、お知り合いのお墓ですか？』

『父と母のです』

まぁ。ご両親の。

『それは、大変でしたね。ご愁傷様でした』

駐車場から、静かな墓地の中を歩いていきます。ロンドンの街中からそれほど離れてはいないと思いますが、本当に静かです。墓地はどんな国でもそうなんでしょうね。

『ここです』

ジュンさんが立ち止まりました。半円の形の墓石ですね。そこには、ご両親の名前が彫ってありました。ヒサシ・ヤマノウエさんとシャーリーさんですか。

しゃがみ込んで、手を合わさせてもらいます。

宗教は違いますが、祈る気持ちは同じですよね。

お二人の大切なお嬢さんとここで少しお話をさせてもらいますね。まだよくは知りませんが、立派にやっていらっしゃるようですよ。

ジュンさんが、わたしの横に同じようにしゃがみ込みました。

『お訊きしていいですか。ご両親はどういうことで』

『車の事故でした』

ジュンさんが、静かに言います。

『もう二十年も前です。私が小さい頃に。二人で乗っていた車が高速道路で事故に巻き込まれて。私は、祖母の家にいたんです』

交通事故でしたか。

『それでは、今は？　そのお祖母様とご一緒に暮らしていらっしゃるの？』

『そうです。ハンナといいます。そういえば、サチさんはグランマと同じぐらいの年齢ですね。今、七十三歳です』

あら、そうですね。

『確かに同じぐらいですね』

すぐに追い抜かれちゃいそうですけれどね。

『サチさんは、普段はトウキョウのご自宅にいらっしゃるんですね？』

『そうですよ。築八十年近くにもなる、古い古い日本の住宅です。古本屋をやっているのですよ我が家は。〈東京《とうきょう》バンドワゴン〉という屋号です』

『古本屋！ 素敵です。店名もいいですね！ 〈トウキョウバンドワゴン〉ってものすごくロマンを感じます』

ありがとうございます。英国の方にそう言っていただけると、名付け親の坪内逍遥《つぼうちしょうよう》先生もご満足なのではないでしょうか。

『扱っているのは日本の古本だけですか？』

『いえいえ、外国の本もたくさん扱っています。ロンドンのチャーリング・クロスにある古書店さんから本を仕入れたりすることもありますよ』

あぁ、と、ジュンさん頷きます。

『それで、サチさん英語がお上手なんですね？』

『まぁそれもありますが、若い頃から英語は習っていましたから。それこそ、あの戦争が始まる前からですよ。ジュンさんの日本語は、日本人のお父様からですか？』

『そうです。幼い頃覚えたものは忘れないって本当ですね。ほとんど日常では使わないのに、忘れません』

そういうものかもしれませんね。

『日本に、古本屋街があるのを知っています。ジンボーチョーというところですよね。そこですか』

『よくご存じですね。でも我が家は違うところにあります。そうそう、隣でカフェもやっているんですよ。古本屋で本を選んで、隣でコーヒーでも紅茶でも飲みながら本を読めます』

あぁ、と嬉しそうにジュンさん微笑みます。

『素敵です。私、読書も趣味なんです。だから古本も好きです。そんなお店が近くにあったら一日中いられそうです。じゃあ、サチさんはそのお家で、お子さんをずっと見守っていらっしゃるんですか？』

『はい』

そうなんですよ。

『子供どころか、孫や曽孫までいます。我が家は四世代住んでいるんですよ』

『四世代もですか！』

『もうずっと皆と一緒に過ごしています』

『すごい、賑やかですね。日本にはそういう家庭がたくさんあるんですか？』

『たくさんはないでしょうね。珍しいとは思います』

『え、まさか家族の皆さん、サチさんがゴーストでずっといることを知ってらっしゃるとか』

『いえいえ、知りませんよ。そこは日本人でもイギリス人でも同じ感覚ですから』

成仏してこそ安心して手を合わせられるというものです。いくら身内だろうと幽霊がいつもそこにいるというのは今一つ都合が悪いですからね。

『でも我が家にもジュンさんみたいに見えたり話せたりするのはいましてね。孫と曽孫の三人ほどはわかっていますが、他の皆には内緒にしています』

そうでしたか、と、ジュンさんが、お墓を見て微笑みます。

『私、幼い頃からゴーストを見ていて、でもどうして両親には会えないんだろうってずっと思っていました。もしもサチさんみたいに見守ってくれているんだったら、嬉しいなって思います』

『見守っていますよ。きっと』

それは国や宗教に関係なく、きっとそうです。草葉の陰から見守ってくれていますよ。わたしみたいにいろいろ騒がしくするのは珍しいでしょうけど。

『そうです。ジュンさん』

『はい』

『そういう話をしてしみじみするために、わたし来たんじゃありません』

『あ、そうですよね。何かご用があって来たんですよね？』

『マードックさんのために来たのです。わたしの孫娘の旦那様、マードック・モンゴメリーですが、ジュンさん、マードックさんのちゃんとした名前はわかっていますか？』

こくん、と、ジュンさん頷きます。

『確か、マードック・グレアム・スミス・モンゴメリーさんでしたね。それがどうかしましたか？』

わかっていたんですね。

『それは調べていたんですね？』

『今回のことで私が調べたわけじゃないですけれど、以前から知っていました。私は、モンゴメリーさんの絵が好きでしたから。あ、車に乗っていたんなら聞いていましたよね？』

そうでした。ジュンさん、ベタ褒めでしたものね。

『マードックさんは、スコットランドヤードで事情を訊かれた後に、行方不明になっているんですよ』

『え？』

ジュンさんの眉間に皺が寄りました。本気で驚いているのがわかりました。

やっぱり知らなかったのですね。

『どういうことですか？　昨日から帰ってきていないってことですか？』

『そうなんです。電話してもまったく繋がりません。連絡もなしなんです』

　ジュンさん少し考えます。

　このお嬢さん、やっぱりとてもキュートな顔立ちですよね。日本人の血が入っているからでしょうけれど、わたしたちにもとても親しみやすい雰囲気をお持ちです。

『普段、そんなことはしない方なんでしょうね』

『もちろんです。だから家族が大騒ぎしているんです。ただでさえ、警察の事情聴取を受けるような人じゃありません。アーティストにとっては褒め言葉にはならないかもしれませんが、人畜無害の温厚で大人しい誠実な人です。連れて行かれただけで皆が本当に心配して、帰りを待っていてそろそろ終わった頃かと電話しても、出ないんです』

　ケネスさんの話をします。

『そちらに電話が入りませんでしたか？　あなたはいつもロイド警部補と同じ部屋にいるんですか？』

『そうですよ』

『マードックさんの幼馴染みで親友の、ケネス・カーライルさんという人がいます。画商で、弁護士という方です。そのケネスさんが伝手を辿ってそちらの〈美術骨董盗難特捜班〉に電話したんです。ロイドさんが出て、ついさっき帰ってもらったと伝えられました。送ろうとしたけれど自分で帰るからいいとマードックさんが言ったので、玄関で見送ったと』

ジュンさん、眼を少し大きくさせました。

『帰った直後に、こっちに電話をしたんですか？』

『そうです。ケネスさんは、ロイドさんにそう言われたと』

『おかしいです。そんな電話は入っていません』

入っていないんですか。

『狭い部屋です。班への電話は基本私が取ります。私はそんな電話を取っていませんし、そもそもロイド警部補はモンゴメリーさんを見送っていません』

『見送らなかったんですか』

『警部補は足を捻挫していましたからね。送ろうとしたのは私ですが、確かにモンゴメリーさんは自分で帰るからいいです、と。そして班の部屋を出てそのまま帰られました。玄関まで見送ってはいないです』

二人で顔を見合わせてしまいました。

『やはり、ケネスさんは嘘をついていたのですね』

『そうなります。やはり、というのは何ですか？』

きちんと最初から説明しないとこんがらがりますね。ましてやジュンさんはわたしたちのことを知りません。

『順を追って説明しますね』

我が家の藍子とマードックさんの結婚について、マードックさんのご両親のこと、メアリーさんの心臓が悪いこと。

昨日マードックさんと連絡がつかなくなり、すぐにケネスさんがやってきてロイド警部補に電話で確かめたこと。でも、それは嘘だと今わかりました。

今朝東京の家に念のために連絡したときに、木島さんが〈マードック・モンゴメリー〉というほぼ同姓同名の男の話を前から聞いていたこと。すぐさま調べたら、その男が東京で見つかったこと。それをロイド警部補に言った方がいいんじゃないかと話していたこと。

けれども、それを報告する前にケネスさんがやってきて、ロイドさんから電話があって、〈マードック・モンゴメリー〉は別人のことで、そっちを捕まえた、大変すまなかったと言われたこと。

話し終えると、ジュンさんが思いっきり顰め面をしました。

『〈マードック・モンゴメリー〉というほぼ同姓同名の男の話など、私はまったく聞いていません。仮に本当にそんな男がいて、事情聴取が間違いであったのなら、警部補は私に言うはずです。言わなければ職務規程違反です。あ』

『どうしました』

急に何かを思い出したようですね。

『警部補は、本当なら自分一人でモンゴメリーさんに会いに行こうとしていました。車でオックスフォードまで。でも、直前に捻挫してしまって私に車を運転してくれと頼んだんです』

『それはつまり？』

『最初っから、私をこの件には関係させないつもりだったと考えられます。そもそも今回のことは、疑問だったんです。正直言って、正式な捜査ではないです』

正式な捜査ではない。

『それは、どういうことでしょうか』

『正式に任意同行してもらって話を聞くのなら、事前に私にも説明があるはずです。いろいろ調べてから行くはずです。それが、今話したように昨日の朝突然のことでした。さらにですね』

『どうしました？』

『サチさん大丈夫ですよね突然消えたりしないんですよね？　ずっと普通にこうしていられるんですね？』

大丈夫ですよ。

『わたしはずっといられます。寝るときもずっといますよ』

『寝るんですか？　ゴーストなのに？』

『不思議ですけどね』

ついこの間かんなちゃんに見られてしまいました。仏間の座布団の上で眼を閉じて眠っていたと。

『とにかく、生きていた頃の習慣そのままなんでしょう。ドアや開く窓は擦り抜けられますが、壁や天井にはぶつかってしまいます。車にも、ちゃんと自分の席がないと乗れないんですよ』

へぇ、と、ジュンさん感心します。

『そういうものなんですね。じゃあお腹とかも空くのですか？　まさかご飯を食べたりは』

『食べられませんよ。お腹は何となく空くような気持ちだけはありますが、実際に空いたりはしませんね。匂いは感じるんですけど。皆でご飯を食べているときは、いつも美味しそうだなぁと羨ましく思いますね。いえ、そんな話をしている場合じゃないんですジュンさん』

『ごめんなさいそうでした。何でしたっけ？　そうですそうです、昨日警部補自身が言ってましたけど、正式な事情聴取であれば、当然記録に残します。録音、録画もします。日本でもそうですよね？』

『たぶん、今はそうでしょうね』

されたことはありませんけれど、ドラマでも小説でもそんなふうにしていますし、日本でもイギリスでも変わらないでしょう。

『でも、今回マードックさん、あ、そう呼んでいいでしょうか』

『いいですよ』

わたしが許可してもしょうがないですけれど、ミスター・モンゴメリーって呼ばれると誰のことだか一瞬わからないですから。

『記録は何にも取っていません。私は事務官ですから本来なら私も立ち会っているはずなのに、立ち会いということにもなっていません』

『そうなのですか？』

『ただ、うちの部署の部屋に来てもらって雑談しただけです。同じ部屋に当然私もいますけれど、私はただ机に座って話を聞いていただけです』

雑談ですか。

『会議室や取調室に入ることもなく、録音することもなく、本当にただの雑談です。マードックさんの今までの経歴とか、普段の仕事の様子とか、トウキョウにはいつ帰るんだとか、調べようと思えばパソコンと電話の前で三分で終わる話をわざわざ来てもらってしただけだったんです。それで、終わりました』

それはどういうことだったんでしょう。

『もちろんマードックさんにしてみれば、連れて来られて向かい合って警部補と話をしていたので、これが事情聴取というものなんだろうな、とは思ったでしょうけど』

『そうでしょうね』

それは普通の人の反応だと思います。マードックさんもこれでいいのかな、と思いながら帰ったと思いますよ。

『疑問に思って訊いたんです。あれでいいんですか？　って。警部補はいいんだ、と。もちろん今までそんなケースがなかったわけでもないので、今回はこれでいいのかー、と私も思っていたんですけど』

上司のやることですからね。ましてやジュンさんは同じ捜査官でもないのでしょうから、いいと言われれば納得するのでしょう。

『その別人の〈マードック・モンゴメリー〉の件は、本当にトウキョウのサチさんのご家族たちがそんなにあっという間に調べたのですね？』

『そうですよ』

『凄いですね堀田家は!?　一流の調査会社並みの調査能力じゃないですか』

『たまたまですよ』

もともと優秀な記者でネタ元を知っていた木島さんがいて、さらには人脈があって頭もいい万能な藤島さんがいて。

でもそんな説明をしていると本当に長くなってしまいます。

『東京にいる〈マードック・モンゴメリー〉とこちらのマードックさん。こんな名前の人がそうたくさんいるはずないでしょう。ケネスさんがロイド警部補から電話で聞いた、マードック違いだったというのは、間違いなく東京にいる〈マードック・モンゴメリー〉のことじゃないですか。でも、ケネスさんはイギリスで捕まえたらしいと言うんですよ。これは、明らかに嘘じゃないですか？』

難しい顔をして、ジュンさん頷きます。

『ここまではいいですか？　状況が把握できました？』

『できました。大丈夫です』

『そして、とんでもない電話もあったんです。ケネスさんが来る前です』

『どんな電話ですか』

『藍子と研人のスマホに、同時に、同時にですよ。知らない同じ番号から掛かってきて、男の声で「マードックのことは心配するな。すぐに戻ってくる。そのまま騒がずに待て」と言ってきたんです』

『何ですって!?』

『研人たちの話では、明らかに録音した声だったそうです。そして、その電話のことを話したらケネスさんが心底驚いていたんですよ。そしてですね、これは決定的なんですけれど、その後に帰ろうとしたケネスさんが外で電話しているところをわたしは跡を尾《つ》けて聞いたんです。「ロイド、僕だ。おかしなことになっている。変な男から電話が入っているんだ。今は話せないか？　じゃあ後で電話くれ」と』

ジュンさんの眼が丸くなりました。

『その電話は、わかりました。本当にさっき、ロイド警部補のスマホに電話が掛かってきました。少し驚いた顔をして「後から電話する」と言って切って、ちょっとしてから部屋を出て行ったんです』

そうでしたか。

『じゃあ、やっぱりケネスさんとロイド警部補は知り合いだったんですね？』

ジュンさんが下を向いて考え込みました。

『待ってください』

傍から見ると、墓石の前で泣いているように見えているかもしれません。近くには誰もいないですけれど。

こうして見渡しても確かに幽霊さんのような方はいません。そもそもわたしがお墓参りに行ってもいつも幽霊さんらしき人には誰にも会いませんからね。不思議なものです。

ジュンさんが顔を上げました。

『その謎の電話の男は、その他には何も話さなかったんですね？』

『それだけです』

ジュンさんは唇を噛《か》みしめました。

『今ここで考えても、まったくわかりません。何が起こっているのか。でも、始まりはわかりますよね』

『始まり、とは？』

ジュンさんが、うん、と大きく頷きました。

『マードックさんが、いなくなったということです。そしてそれは自分の意思ではなく、誰かの手によってどこかに連れて行かれたのは確実だということです』

『そうですね』

『捜しましょう。マードックさんを。まずはそれからです。そのケネス弁護士と警部補の関係も気になりますが、何よりもまずは、マードックさんの足取りを追うことです』

『どうやって追うんですか』

ジュンさん、ニヤッと、微笑みました。

『監視カメラです』

監視カメラ。

確かにロンドンには監視カメラが至る所にあるという話は先程聞きましたが。

『できるんですか？』

『本当は駄目ですけど、できます。行きましょうサチさん』

＊

スコットランドヤードに戻ってきました。

ここが、〈美術骨董盗難特捜班〉の部屋なんですね。

駐車場からすぐのところで何かと便利でしょうけど、確かに小さな部屋ですね。机は三つしかなく、後はソファと、ロッカーやら戸棚やらが壁際に並んでいます。隣にも部屋があるようですけれど、雰囲気は倉庫っぽい感じでしょうか。

他には、誰もいません。

『喋っても大丈夫ですね』

『平気です。盗聴はされていませんから』

『ロイド警部補は』

『さっき出て行ったままですね。今日は特に何もなかったので、いなくてもいいんですが』

『そういうものなんですか』

ジュンさんが少し苦笑いします。

『うちの部署は常に事件が起こってるわけじゃありませんからね。盗まれた美術品がブラック・マーケットから浮かび上がってこないことには、何も動けないんです。ちょっと待っていてください』

机の前に座って、パソコンをいじります。そして、ヘッドセットと言うんでしたっけ。マイクとヘッドホンが一緒になったものを頭につけました。

『監視カメラのコントロールセンターと繋ぎます。隣にいてください。本当はヘッドホンで聞きますけれど、音声を小さく流してサチさんにも聞こえるようにします。あ、椅子に座った方がいいですか？』

『いえ、大丈夫ですよ』

隣に立ちます。わたしの身体は疲れないですから、座らなくても平気です。ジュンさんがキーボードをタタタッと打って、画面を出します。

どこかに何かが繋がったみたいですね。

（はい、監視カメラコントロールセンター）

声が聞こえてきました。何だか、機械で変えたような声ですね。

『〈美術骨董盗難特捜班〉です』

（やあ、ジュン。ナイトBだ）

ナイトB?

何かのコードネームみたいですね。きっとこれはたぶんですけれど、機密保持のためのものなんでしょう。

『あら、今日はナイトAじゃないのね内線担当』

(Aは休みだな。このくそ忙しいときに有休取ったよ)

『そんな休み方があったなんてびっくりだわ』

(おまけにナイトDとFも休みなんだよ。今度言っといてくれ。つるんで休むんなら俺も連れてってくれって)

『仲が悪いんじゃないの? ナイトB、申し訳ないけれど昨日のうちの正面玄関先の映像が観たいの。時間は午前十時五分頃の。庁舎内の記録映像であれば、特に許可はいらないわよね』

(その通り。時間までわかってるんならお安い御用。ちょっと待ってくれよ。いっぺんに全部そっちに映す)

ちょっと間が空きました。待っていると、ジュンさんのパソコンのディスプレイにパパッと映像のウィンドウが開きます。六つもありますね。

『あ!』

思わず声を出してしまいました。その中にマードックさんが映っているものがありましたよ。

『ウィンドウCに映っている少し頭髪の淋しい中年男性を追ってちょうだい』

(もう少し特徴の言い方は考えた方がいいが了解。お客さんの出入りを確認しているのか?)

『そう、うちのお客さん』

ウィンドウがいくつか消えて、マードックさんを後ろから前から横から追っていく映像に切り替わります。確かに監視カメラは常に上の方にありますから、マードックさんの特徴は頭髪が淋しい男になってしまいますね。

正面玄関を出て行きました。ごく普通の様子ですね。歩いていって、車道を向こうに渡ろうとしています。

そこに、車が停まりました。ドアが開いて、中から呼ばれたようにマードックさんがそちらを覗き込んでいます。

『止めて』

映像が止まります。ジュンさんの眉間に皺が寄りました。

『動かして』

また映像が動き出します。マードックさんは、何か会話を交わして、その車に乗り込んでいきました。黒のワンボックスカーでしたよ。

『ナイトB。お願いがあるの』

（何ですかフロイライン）

『今の車、うちがよく頼んでいるドライバー、クレイグ・イーデンの車よ。ナンバーは今そっちに送る。追跡してどこに行ったかを突き止めてくれないかしら』

（追跡ぃ？ それは捜査案件で、捜査官から直接指揮命令がないとできない、なんてわかってるよな）

『わかってる』

（ロイド警部補は？）

『今、いない。でもお願いしたいの。誰にも内緒で。もちろん悪いことをしようってわけじゃない。正しい理由があるの』

一瞬、間がありました。

（知らないだろうけど、俺には妻も子供もいるんだよねー。そういうことやっちまって後でバレたらさ）

『お子さんは何歳？』

（五歳の女の子だ）

『日本のアニメは好き？』

（大好きだ。今も毎日のようにあれを観てるぜ。女の子が変身して戦うやつ）

『日本でしか手に入らないようなそのアニメのオモチャや何やらをまとめてプレゼントするわ』

わたしを見ましたね。

いいでしょう。たぶんそれはかんなちゃんや鈴花ちゃんも大好きなアニメだと思います。紺に言っていろんなものを送らせます。お金は、まぁ何とかなるでしょう。マードックさんのためなら。

(手を打とう。その辺はいくらでもバレないようにできる。でも、ちょっと待て。数分だ)

『待ってるわ』

ジュンさんがヘッドセットを外しました。

『見ましたよね』

『見えました。マードックさんが車に乗っていくのが。自分で乗り込みましたよね。そして、誰の車かわかっているんですね？』

こくり、と頷きます。

『クレイグ・イーデンさんという人の車です。運転手がはっきり見えませんでしたけど、たぶん本人に間違いないでしょう。警察官ではなくて、うちの班でお願いしている美術品専門のドライバーです』

ドライバー。運転手さんなんですね。

『そして、ロイド警部補とは古い馴染みなんです』

ロイドさんと。

『それはつまり、マードックさんを行方不明にさせたのは、ロイドさんとケネスさんの計画で間違いなさそうってことですね？』

ジュンさん、溜息をつきました。

『そうみたいです。どうして、そんなことを』

下を向いて肩を落とします。でも、ガバッと身体を起こしました。

『ケネス・カーライルさんでしたね？　画商で弁護士の』

『そうです』

『調べます』

パソコンのキーボードを凄い勢いで叩きます。ジュンさん、きっとものすごく有能な方だと思いますよ。

何かの画面が開きます。そこにはケネス・カーライルさんの顔写真もありました。

『ケネス・カーライル、〈ニュービータ大学〉の出身』

そう言って、大きく頷きました。

『サチさん、ケネス氏は警部補と一緒の大学です』

『ロイドさんとですか』

同じ大学だったのですね。

『年齢は一つ違いますが、それで繋がりましたね。先輩後輩か、もしくは一つ違いなので同期生か。いずれにしても親しい関係と見て間違いないでしょう』

『マードックさんとロイドさんはまったく繋がりがないんですね』

『ケネスさんとマードックさんは幼馴染みということでしたね？　でしたら、紹介でもされない限りロイド警部補とは繋がりがなかったんでしょう』

そうなんでしょうね。そうでなければロイド警部補がやってくるはずがありませんから。

『サチさん、マードックさんを連れて行ったのがクレイグさん。それを計画したのはロイド警部補とそのケネスさんであれば、おそらくは、いえどう考えてもそれは絵画に関することです』

『絵画』

大きく頷きます。

『全員の共通項です。おっさんばかりですけれど、全員が絵画に精通している人間です』

確かにそうなりますか。

『何かを、するためなんでしょう。絵画に関する』

それが何かはまだ全然わかりませんけれど。

『ナイトBさんというのは、仮名なんですね？　コードネームみたいなものですか？』

あぁ、と、ジュンさんが少し表情を緩めて頷きました。

『監視カメラコントロールセンターは、その性質上、機密保持が大原則です。ですから、そこにいる監視員のこともたとえ同じ警察で働く仲間であっても、誰なのかは秘密なんです。もちろん自分から名乗ったら一発で懲戒免職です。なので、全員が〈ナイト〉です。夜のナイトではなく、騎士のナイトですね。Aから確か今はP辺りまでいるはずです』

『女性はいないんですか？』

『いますよ。女性でもナイトです。声は音声変換していますから、女性でも男っぽい声になります。でも、その辺は長く話していると雰囲気でわかりますけど』

ですよね。今のナイトBさんは明らかに男性でした。

『来た』

ジュンさんがヘッドセットをつけました。

『ヤマノウエです』

（ナイトBだ。わかったぞ）

『お願いします』

またディスプレイにウィンドウが開いて、映像と地図が出てきました。この地図はよく見るタイプのものですね。

(アリスバーリーの南、エレスボローの農場だ。残念ながらそこにカメラがなかったが、おそらくこの白い家に行った。車が戻ってくるのを確認できたから、その家に間違いないだろう)

『ありがとう!』

農場のような広い緑の場所と森もあります。

そこに、両側を低木に挟まれた一本道が通っています。土の細い道路ですよ。その道沿いにたぶんレンガ壁の家を白く塗ったものでしょう。けっこう大きな家です。ひょっとしたら倉庫のようなものかもしれません。

周りにはその他に家も何もありません。ただただ広い農場のようなものが広がっています。あ、おそらく何キロか先に住宅のような大きな家がありますね。

キーボードを打つと、そこまでおおよそ一時間半と、ルートが出てきました。

(ジュン。礼を言うのは早いかもしれん。ちょっとおかしなことがある)

『何?』

(これとまったく同じ映像が、以前に調べられている足跡を見つけた)

『何ですって？』

足跡ですか？

（しかも、二回もだ。一回は間違いなく、信じられんがこのコントロールセンターからなんだ。誰かが、ここで、この車を追っている。まったく同じルートを探っている。昨日のことだ）

『そこから？』

コントロールセンターから調べている。

つまり、本部内の誰かが同じようにマードックさんの後を追ったということでしょうか。

（もう一回は、今朝早くだ。外部からだ。これも信じられないが、全てのセキュリティをクリアして覗かれている。違法ではなく）

『クラッカーではないのね？』

（違う。明らかにオールグリーンの権限を持ったところからだ。どう考えてもそんなところは一つか二つしかない。こんなのは過去にも俺は一度しか経験がない）

『オールグリーン』

ジュンさんの眼が大きく見開かれます。何かとんでもないことが起こっているんでしょうか。

（何かをするのなら、急げ。手遅れになるかもしれないぞ。俺にできることがあるなら連絡寄越せ。俺の専用コール番号をジュンの携帯に送っておく）

『ありがとうナイトB！』

（急げ！）

切れたようです。でも、ルートはちゃんと画面上に残っています。

『何があったんですか？』

『私が今調べる前に、既にマードックさんの行き先を把握したグループもしくは個人が二つあったってことです』

『一つは昨日で、もう一つは今朝って話していましたよね』

『そう、しかも今朝のはオールグリーンの権限を持っているところです』

それはもしや。

『何もかも好きにやっていいという権限を持っているところですよね？』

『そういうことです』

『雰囲気からすると、とっても怖いところなのでしょうか』

『ある意味、怖いです。うちの部長でさえそんな権限は持っていません。私は元よりロイド警部補、いえ部長のことだってティッシュを捨てるより軽く捨てられるようなところしか、そんなことはできません』

それは、怖いですね。

『でも、どうしてそんなところがマードックさんの行く先を』

ジュンさんが考えます。

『いや、考えている時間がもったいないです。とにかく、この地点へ急ぎましょう。車でも一時間半掛かります。何よりも、もう既に誰かがそこへ着いている可能性が高いです。向かいながら話します』

『ジュンさん。この地図を見ると、そのエレスボローの農場は、オックスフォードからの方がはるかに近いですよね』

ジュンさんが地図を確認しました。

『その通り。飛ばせば三十分で着くかもしれません』

三十分。

『マードックさんの家には、今、曽孫がいます。研人です。それから、バンド仲間の甘利くんと渡辺くん。何よりも、マードックさんの最愛の妻の藍子がいます。車もあります。先に行ってもらった方が』

『でも、何があるかわかりませんよ。一般の人を先に行かせるわけには』

それはわかりますが。

『でも、マードックさんがいるんですよねそこには。それがわかっているのに、いちばん近くにいる藍子にそれを伝えられないというのは、何かあったらわたしは一生後悔するかもしれません』

いえ、そもそもわたしの一生はもう、一度終わっているんですが。

ジュンさん、眼を閉じて考えました。

『でも、どうやって伝えますか。私は警察官でも何でもないんです。今の話をどうやって説明したら、納得してもらえますか。長々と説明している時間ももったいないです』

『それは、簡単です』

『簡単?』

そうなんですよ。

『わたしがこうしていることを知っている家族が三人いると言いましたよね』

正確には、鈴花ちゃんもかんなちゃんの話を全面的に信じていますから四人かもしれませんが。

『そのうちの一人が、研人です。研人はいつもではないですけど、わたしの姿が見えることがあるんです。残念ながら会話はまるでできないんですけど』

『本当ですか?』

『ですから、ジュンさんが研人に電話して伝えてください。〈大ばあちゃん〉からの伝言だって言えばすぐにわかります。理解してくれます。電話番号は覚えています』

『私がですか？』

大丈夫です。

絶対に信用してくれます。

『わたしも向こうに飛んで確認しますから。電話が終わったらすぐに戻ってくるので待ってててください』

マードックさんの家に戻ったと同時に、研人のスマホに電話が掛かってきました。ジュンさんからですよ。

「また知らない番号だ。さっきと違う」

研人が言って皆が集まります。早く出てください。

「スピーカーにするよ」

そうすると思いましたけど、ジュンさんには伝えてありますから大丈夫でしょう。

『もしもし』

（ホッタ・ケントくんですね？）

ジュンさんの声が響きます。

『そうですけど』

（私は、昨日お伺いしたスコットランドヤード〈美術骨董盗難特捜班〉のジュン・ヤマノウエです。覚えてますよね？）

『あ、はい』

皆と顔を見合わせました。

（スマホをスピーカーにしているのなら今すぐ切ってケントくんだけが聞いてください。お願いします）

『え？』

（お願いします。一刻を争います）

『わかりました』

そうです。後で何で研人だけにだったかを誤魔化すのは任せましたよ。そういうの上手ですよね。

研人がスピーカーを切りました。

『スピーカー切って普通にしました。僕だけが聞いています』

いいですね。

一瞬だけヤードに戻ってジュンさんに伝えます。

『大丈夫。研人だけが聞いていますよ』

ジュンさんが頷きました。

またマードックさんの家にすぐさま飛びました。こんなことをするのは滅多にありませんが、本当に、五秒もかかっていませんからね。

「えっ！」

スマホを耳にあてた研人が、日本語で驚きましたね。ジュンさんがわたしと話したことを教えられてびっくりしたんでしょう。家族以外でわたしが見える人なんて滅多にいませんからね。

そしてわたしが眼の前にいるのに今気づきましたね。

研人に向かって頷きました。研人も、小さく頷きました。どうやらわかってくれましたね。

『わかりました。今メモするから待ってください！』

「藍ちゃん、メモメモ」

藍子が慌ててメモとペンを持ってきました。研人が住所を書いています。

『ここにマードックさんがいるんですね？　はい、はい、わかりました。十分注意して行きます！』

電話を切りました。もうわたしを見ていませんから、見えなくなりましたね。

「藍ちゃん、マードックさんが見つかった！　すぐに車で行くよ！」

「えっ！」

藍子がとんでもなく驚いています。

「どこに!?」

「アリスバーリーの南、エレスボローの農場だって！　住所はメモした。どうしてわかったかは後回し！」

研人が車のキーを摑みました。

「それと、向こうにはマードックさんを誘拐した連中がいるかもしれないから気をつけろって。甘ちゃん、ナベ、ちょっと危ないことあるかもしれないって言ってたからそのつもりで！」

「オッケー！」

二人が少し眼を丸くしましたが、ニヤッと笑いましたね。

「任せろ」

我南人のバンドの〈LOVE TIMER〉の皆もそうでしたけど、〈TOKYO BAND WAGON〉の皆も喧嘩が強いんでしょうか。危ないことって言われて急に生き生きしてきましたね。そんな話は聞いていませんけれど。お願いだから危ないことはしないでください。怪我でもされたら、甘利くんや渡辺くんのご両親に顔向けができませんから。

でも藍子がいるから大丈夫でしょう。

とにかくこれでいいですね。

スコットランドヤードに戻ります。

車のところに戻ると、もうジュンさんが乗っていました。

『ケントくん、わかってくれましたか？』

『大丈夫です。皆で車に乗っていきましたよ。わたしたちもすぐに行きましょう』

ジュンさんが車を発進させます。

『サイレン鳴らしたりはできないんですね』

『ちょっと無理ですね。事件でもないので』

そうですよね。

『サチさん、またすぐに戻ったりできるんですか？　向こうの車に』

いいえ、残念ながらそれはできないんですよ。

『あくまでも、生前の生活様式に縛られているというか。行ったことのある場所にならいつでもひょいと飛んでいけますけれど、知っている車でも移動していたりすると駄目ですね。電車とかもそうです。移動中は乗り込めませんし』

『じゃあ、ケントくんたちがどうやっても先に着きますけど、もう向こうに任せるしかないですね』

そうなります。

『大丈夫です。藍子もいますし、危ないことは絶対にさせません。それこそ、ロイドさんは、もう向こうに行っているんじゃないでしょうか？』

訊くと、ジュンさんが首を少し傾げました。

『わかりません。まだ帰ってこないところを見ると、そうなのかもしれません』

『ひょっとしたら、ケネスさんと一緒に』

『考えられますね』

だとしたら、向こうで鉢合わせしたところで、決して危険なことにはならないでしょう。

『警部補のスマホに電話をしたんですが、出ませんでした』

出ないんですか。

『それは、警察官としてはどうなのですか』

『いえ、私たちの場合はあるんです』

ハンドルを操りながらジュンさんが言います。

『私たちの仕事については、前にマードックさんに説明したときに聞いていたんですよね？』

聞いていましたよ。

『犯人や、あるいは交渉人との交渉、そういうものが突然入る場合もあります。あるいは何かに出くわして、どうしても電話に出られない場合もあります。なので、警部補に電話してまったく応答がない場合はしばらく放っておくことになります』

なるほど。

『でも、犯人に捕まってしまっている、なんてことはないんですね？』

ジュンさん微笑みます。

『警察官である以上、絶対にないとは言いませんが、ほぼないでしょう。そんな重大な案件に一人でなんか行きません』

でも、と、表情を曇らせました。

『今回は、ひょっとしたら危ないのかもしれません』

『あの、先にマードックさんを追っていた人たちですか』

そうです、と、ジュンさん頷きます。

『まず、ロイド警部補とケネスさん、それにクレイグさんがこの、仮に〈マードックさん連れ去り事件〉としますけれど、それを企てた、と仮定しましょう。おそらく百パーセント間違いないと思いますけれど』

『そうですね』

ああして監視カメラにロイド警部補のお仲間のクレイグさんとやらが映っている以上、間違いないでしょう。

『そうなると、マードックさんが連れ去られたルートを警部補たちが後から監視カメラで追う必要はないわけです。知っているんですから』

確かに。

『そして、一度でも追えばそれは簡単に記録できます。二回する必要はまったくないです。ですから、警部補たちとは別に、〈マードックさん連れ去り事件〉を追ったグループが二つあるというのは、さっき言った通りです』

『はい』

『その二つともが、マードックさんを救出するために動いたとは、どうしても思えません。救出するのなら、隠して動く必要がないからです。悪いことをしたのは〈マードックさん連れ去り事件〉を起こしたと思われる警部補とケネスさんです。助けるのなら堂々と動いてくれればいいのに、そんな話はどこからも聞こえてきません』

『つまり、二つのグループとも、こっそり動く理由があるわけなんですね』

『そうなんです』

『その理由は、何なのでしょう？　ジュンさんはもう当たりがついているのですか？』

車は順調に走っていきます。

ジュンさん、唇を一度引き締めました。

『まず、〈マードックさん連れ去り事件〉とはいったい何かと考えると、さっきも言いましたけど、関係者全員の共通項です。警部補、ケネスさん、クレイグさん、絵画に精通している人間ばかりです』

　そうでしたね。

『そして、連れて行かれたマードックさんは、画家です。ただの画家ではなく、マードックさんは日本画、版画、油絵、水彩画とジャンルをクロスオーバーするオールマイティなアーティストです。その技術や知識は、おそらく超一流と言っても過言ではないと思います』

『え、過言ではないのですか？』

　ちょっとびっくりですけれど。日本画や版画ばかりじゃないのですね。

　ジュンさん、大きく頷きました。

『ものすごく売れているアーティストが超一流の技術を持っているというわけではないですよ。すごく売れている歌手が、名ギタリストだったり歌が上手かったりするわけではないですよね？』

『確かにそうですね』

『そんなに有名ではありませんが、マードックさんの芸術家としての技術は超一流です。自分で言うのも何ですが私の眼に狂いはありません。そしてそれはつまり、修復の腕にも繋がります』

修復、ですか。

『絵画の、修復』

『そうです』

ジュンさんが少し息を吐きました。

『クレイグさんは、美術品輸送のエキスパートなんですが、相棒ともいうべき人がいます。ハリー・コールさんという男性です。彼もまた素晴らしい画家で、そして修復士でした』

『でした、というのは？　今は違うのですか？』

『交通事故に遭ってしまったのです。右半身に麻痺が残っていて、絵筆を握れません』

それは、なんと辛いことでしょう。

『お気の毒に』

『私たちが救出した絵画を、クレイグさんが運び、そしてハリーさんが修復をするというのは、一つのパターンでした。今まで数回行いました。ブラック・マーケットからのものだけではなく、単純に修復作業が必要な案件が出たときにも、クレイグさんとハリーさんをロイド警部補は頼っていました』

『良い仲間だったんですね』

『そうなんです。でも、もしも、ブラック・マーケットから出た絵画があったとして、それを警部補たちがこっそり修復して、どこぞの美術館に返却して保険金をせしめようとしたら？　修復士であるハリーさんは今は修復できません』

まさか。

『マードックさんに修復させるために、ですか？』

『マードックさんほどの腕があれば、ハリーさんの指示のもとに、完璧な修復ができるはずです』

小さく頷きながら、ジュンさんが断言しました。

『こういうことですか？　クレイグさんやロイド警部補、そしてケネスさんが、ブラック・マーケットから絵画を救い出した。でも、誰が救出したかを隠して、そして修復して、自分たちで保険金を山分けしようとしている？　ってことですか』

『今のところは、その仮説しか思いつきません』

『でも、ロイド警部補は警察官ですよ？　そんなことをしてもしも発覚したら』

ジュンさんが顔を顰めました。

悲しそうな顔を見せます。

『ロイド警部補が、大金を必要としているのを、私は知っています』

大金を。

『それは、よく言う、動機がある、というものですか』

『そうです。犯行の動機です。それが、警部補にもそしてクレイグさんにもハリーさんにもあります。ケネスさんのことはまだわかりませんが、立場から考えると〈交渉人〉としてはうってつけの人材です。覚えていますか？　交渉人は決して金銭を授受してはいけないと』

『言ってましたね』

『ただの連絡係なのです。ですから、この計画に参加したとしても、罪にはなりません。バレなければ、の話ですが。そして』

また小さく頷きます。

『マードックさんですが、ただ拉致されて脅されて修復をしただけとなれば、もちろん計画を何も知らなかったとなれば、まったく罪にはなりません』

『そのためにですか』

ようやく、わかりました。

『ケネスさんは、マードックさんを犯罪者にさせないために、この計画に参加をしたんですか』

『そういう仮説は、成り立つと思います』

もしジュンさんが考えたこの仮説が正しいとすると。

『誰がこんな計画を。警察官であるロイドさんが考えるなんて、それこそ考えられないのですけれど』

　希望的観測ですが、と、ジュンさんは言います。

『私も、それはないと思います。あの人には確かに大金を手に入れたいという動機はありますけれど、真の警察官です。自ら犯罪に手を染める人じゃありません。ですから、主犯という表現はしたくないですけれど、クレイグさんかもしれません』

『クレイグさん』

『あの人は、元は窃盗犯です』

　泥棒さんですか。

『美術品を盗んで、ブラック・マーケットに流す泥棒でした。警察の者としてする表現ではありませんが、絵画に精通し決して絵画を傷つけず元の持ち主にきっちり返す、見事な仕事ができるプロともいうべき窃盗犯でした』

　そんな方がいるんですね。

『それで、今は足を洗ってその知識を生かして、美術品輸送のプロですか』

『そういうことなんです。ですから、本人がまた泥棒に戻ったとはとても思えないですけれど、手に入れる手段は持っていたはずです』

『そういう情報を手に入れやすい立場でもあったわけですね。それをロイドさんと共有した可能性はあると』

『はい』

車は、市街地をすぐに抜けて、緑の多いところを走っていきます。マードックさんから聞いていましたよね、ロンドンは確かに大都会ですけれど、そこを抜ければもう周りは緑豊かな森や山や牧草地が広がっているんだと。

確かにその通りです。東京だってそうですよね。ロンドン以上の大都会であることは間違いありませんが、少し離れれば、同じ東京都とは思えないほど、自然に溢れたところはたくさんあります。

『マードックさんを連れ去った目的は、その仮説でわかったとして、その二つのこっそり動いているグループの目的は、じゃあ』

『お金、でしょうね』

お金。

『二つともそうなのかどうかはわかりませんけれど、もしもですよ、クレイグさんが絵画を手に入れたとしましょう。そして大金が必要な警部補と計画を立てたとしましょう。その計画を何らかの方法で知って、絵画を修復した段階で横取りして自分たちが美術館と交渉して保険金を得ようとしたとしたら、です』

そういうグループですか。

『でも、そういうことができるなんてかなりの人たちですよね』

うん、と、ジュンさん頷きました。

『これも、仮説ですが、一つのグループはひょっとしたら、と思っている連中がいます』

『さっきのですね？　監視カメラの方でコントロールセンターからルートを辿っていると言っていましたよね』

『そうなんです。そんなことができるのは、そのものずばり、コントロールセンターで監視している監視員しかいません。まさかあそこに、ヤードの中の監視カメラコントロールセンターに侵入する泥棒なんかいないはずです』

それはそうですね。

『信じたくはないですけれど』

顔を顰めて、ジュンさんはそう言います。

仕事の仲間ですものね。さっきの監視員さんとの会話を聞いていてもわかりました。

『監視員であれば、クレイグさんと警部補の計画をどこかで見聞きできた可能性は高まります』

『それも、監視カメラで』

そうです、と頷きます。

『あまりお聞かせしたくない話ですけれど、その気になれば監視員たちは二十四時間、一人の人間を追い続けることができます。何日でも。技術を持った人間であれば、その人物の部屋のパソコンのカメラにまで侵入して、監視できます。もっと怖い話をするならば、スマホの中にまで』

『スマホにも』

『やってやれないことはありません。ですから、クレイグさんと警部補が二人で会ってその計画を立てているところを、全部監視員に知られてしまう可能性はまったくのゼロではないんです』

とんでもないことですけれど、それが今の技術なのですよね。

『一つのグループにはその監視員の誰かがいるとして、もう一つのグループの目的はどうなのでしょうね』

『わかりません。同じ金目当てなのか、それとも違うのか』

電話です。

車のスピーカーから音がしました。

『ヤマノウエです』

(ナイトBだ。話せるか)

『運転中です。大丈夫です』

(ルートを探ったのは、ナイトAだ)

『やっぱり、ですか』

それは、監視員の方ですね。

（奴のマシンを調べた。明らかにさっきの車のルートを追跡して、それを消した跡を見つけた)

『見つけたんですか？　ナイトAのマシンから？』

(奴にしては迂闊《うかつ》だが、まさか俺に調べられるとは思わなかったんだろう。そして、いつも見つかったら怒られるが、奴のスマホを追跡した)

『エレスボローの農場にいるんですね』

(そうだ。どうする、これだけ材料を揃えて、加えて君のこれは事件だという証言があれば、俺は今すぐに上に進言できるぞ。警官を回した方がいいと)

『いえ、待ってくださいナイトB』

ジュンさんが、慌てました。

『何もかも、内緒にしてください。今のところはです。私が向こうに着いた段階でお願いするかもしれないですけど、今は』

そうですよね。ロイド警部補がいるかもしれません。もしも別の警察官たちがやってきたら、何故ロイド警部補がここにいるんだ、という話になります。

それは、ひょっとしたらロイド警部補が警察官にあるまじき罪を犯したと、皆にわかってしまうことになります。

そうなるのは避けたいのでしょう。ジュンさんのその気持ちはさっきから伝わってきていました。まだ何もわからない段階では、警察の介入はさせたくないと。

ナイトBさんという方、一瞬間が空きました。

(わかった。むしろナイトAの消した跡を見つけた跡も消した方がいいんだな?)

『それも、後でお願いするかもしれません。私にできることは何でもするので。アニメのDVDでも何でもコントロールセンター宛に送ります』

笑い声が聞こえました。

(ジュン・ヤマノウエ。俺は君をよく知ってる)

『でしょうね』

(だが、君も俺をよく知ってるぞ)

『え?』

(内緒だぞ。名を明かしたのを誰にも言うなよ。それこそ俺は懲戒免職だ。ジュン。俺だ)

突然、声が変わりました。これは、肉声ですね。

(モーリスだ。モーリス・マーシャル)

『モーリス!』

ジュンさんの顔が驚きに満ちましたね。そして笑顔になりました。

『ナイトBはあなただったの!?』

(君は、信頼できる人だ。それは昔も今も変わらない。だが何かまずいことになったら、いや、なる前に必ず連絡しろよ。いいな?)

『ありがとうモーリス!』

電話が切れました。

『お知り合いだったのですか?』

ジュンさんが嬉しそうに、少し瞳を潤ませながら頷きます。

『大学時代の先輩です! びっくりです!』

それは、驚きますね。

『親しかったんですか?』

『それはもう! 奥さんと一緒に食事をしたこともあります。うわぁ本当に驚きです!』

ジュンさんは車の運転も上手いですね。決してとんでもないスピードで走っているわけではないのに、すいすいと他の車の間を擦り抜けて前へ進んでいきます。

本当に有能な女性なのではないでしょうか。きっとロイド警部補は全面的に信頼していますよね。さっきのナイトB、モーリスさんだって、無条件に信頼し切っていましたよね。今まで素性を隠しながらも、ずっとジュンさんの仕事ぶりを、ひょっとしたら普段の様子も見ていたからなんでしょう。

『そういえば、お訊きするのを少し躊躇《ためら》ったんですけど』

『何でしょう』

『サチさんのハズバンドの方は、もう』

『あぁ、勘一と言います。堀田勘一ですね。実はまだ元気なんですよ。もう九十に近いんですが、元気一杯で古本屋のレジに毎日座っています』

『そうなんですか！』

『三年ほど前にロンドンにまで来たぐらいです。それこそ有名な古本屋街のチャーリング・クロスまで』

『えっ』

何でしょう。ちょっと眼を丸くして驚きましたね。何かを思い出したようにチラッとわたしを見ました。

『まさか、カンイチさん、ジュードーのマスターでは？』

黒帯を皆マスターと呼ぶならそうでしょうが。

『得意ですよ。若い頃は喧嘩っ早くて、相手をよく投げ飛ばしていましたね』

『ひょっとして、チャーリング・クロスの古本屋で何かありませんでしたか？　誰かに一本背負いをしたとか』

あら。

『どうして知っているんですか？』

『その投げ飛ばした相手は、メルヴィン・マコーリーという男ではなかったですか？彼はうちの部署の人間なんです！』

これまた驚きです。あのときにはメルヴィンさんは英国秘密情報部の方だと聞いていましたが、今はジュンさんと同じ〈美術骨董盗難特捜班〉との兼任捜査官でもあるとか。これまたとんだご縁もあったものですね。もしも会うことがあったのなら、その節は勘一がとんだことをしでかして相済みませんでしたと伝えてもらいますよ。

道路が狭くなってきました。日本でもよく見る二車線の舗装道路。片側は丘になっているんでしょうか。反対側は牛の姿は見えませんが、牧草地帯になっているのでしょう。一面の緑です。

こういう景色は本当に日本の田舎とあまり変わりありません。わたしは行ったことありませんが、きっと北海道などではごく当たり前の景色ではないのでしょうか。牧草地帯の向こうにはそこここにこんもりとした小さな森があります。車を停めれば、きっと野鳥たちの声もたくさん聞こえてくるはずです。

『父は、トウキョウの出身だったんです』

『あら、東京のどちらかわかりますか？』

『生まれたのは、ニッポリ、というところだそうです』

なんとまぁ、ご近所さんと言ってもいいところじゃありませんか。まさかイギリスのお嬢さんから日暮里《にっぽり》などという単語を聞くとは思いませんでしたよ。

『行ったことはないんですけれど、写真はよく見ました。今もたまにグーグルマップなんかで見ます』

『下町と呼ばれる、良いところですよ』

我が家の近辺と同じで日暮里も、今も昔の東京の、下町の雰囲気を色濃く残すところですよね。

『そうです！　シタマチと言っていました。昔の日本のイメージを感じられるところだとか』

『その通りですね。もしも来られることがあったら、いくらでもわたしが案内できますよ』

『楽しそうです！　サチさんと一緒なら本当に一人でもどこにでも行けますね』

今なら耳にイヤホンでもつけていれば、歩きながら喋っても電話しているのかと変には思われませんよね。わたしもこの身になってからこんなにもお喋りするのは滅多にありません。かんなちゃんが大きくなっていつでもお喋りできるようになるのを楽しみにしていたのですが、ジュンさんに出会ってまた長生きする楽しみが増えたようです。いえ、生きているわけではないのですけどね。

三

『そろそろです』

ジュンさんが、車のスピードを緩めました。土の道を進んでいます。さっき映像で見た道路と同じものですね。

緑濃い農場が広がっています。この辺りは本当に牧草地帯なのですね。牛や馬はどこにいるんでしょう。

両側を低木に挟まれた土の一本道になっています。大きな車同士はすれ違うのに苦労しますね。かなり長く続いていますが、こんな土の道路は日本なら田舎の山の中にでも行かないと見られませんから、車で走るのは本当に久しぶりです。

『あの家ですね』

映像で見た通りの白い大きな家ですが、やはり倉庫のような造り。この辺りではどこもこうなのでしょう。

『ジュンさん、車が』

『はい』

たくさん停まっています。

全部で、四台です。

ジュンさんがさらにスピードを緩めました。ほとんど停まるようなスピードで、ゆっくり、ゆっくり進んでいきます。

『いちばん右は、研人たちの車です』

〈TOKYO BANDWAGON〉とロゴが入っています。そしてもう一台。

『その隣はケネスさんの車ですよ。間違いないです』

『クレイグさんの車もあります』

すると、もう一台。

誰が乗ってきたかわからない車があるということになります。その車が、監視カメラを使ってここを突き止めた監視員グループの車ということになるんでしょうか。それとももう一つのグループでしょうか。

ジュンさんが家の門からちょっと離れたところに車を停めました。険しい顔をして、車を降りようとします。

『ジュンさん、気をつけてくださいね』

『わかっています』

わたしはこの身体ですから誰にも、研人とジュンさん以外には見られるはずがありませんし、そもそも何が起こっても、それこそ拳銃で撃たれようが爆弾が落ちようが、たぶん平気なんですが。

ジュンさんがそっとドアを開けて車を降り、中腰になってゆっくり家に近づいていきます。ジュンさん、警察官ではないですからね。ただの事務官さんなんです。そういう訓練とかを受けてるわけでもないでしょうし、拳銃を持っているわけでもありません。緊張しているのが伝わってきます。

家の敷地内に入って、車の脇を通って隠れながら家に近づこうとしています。

そのときです。

ジュンさんが通り過ぎようとした車の中で、動くものが見えました。

『ジュンさん！』

呼んだのですが、間に合いませんでした。

『動くな』

車の中から、覆面をした男の人が銃を突きつけたのです。ジュンさん、あぁ、と肩を落としながら手をゆっくりと上げました。

潜んでいたのですね。ひょっとしたら、車の音がしたので隠れて見張っていたのかもしれません。

『そのまま動くな』

低い、作ったような声で覆面男が言い、車を降ります。覆面ですけど、あれは目出し帽というものですよね。毛糸だと思うんですけど、暑くないんでしょうか。

ジュンさん、観念して手を上げながら歩いていきます。

『中にいる人たちは無事なんでしょうか』

『喋るな。そのまま家の裏手へ進め。言うことを聞いていれば手荒なことはしない』

男の人は、わざと声を低く変えていますね。覆面を被ってはいますが、服装はスーツ姿です。わたしの眼から見ても、それほど上質なものではなく普通のスーツといった感じですね。

裏手ですか。言われた通りにジュンさんが裏へ回っていきます。建物のレンガ壁のところに鉄製の扉がありました。

『開けて入れ』

キィ、と音がして扉が開きます。銃を突きつけられたジュンさんが中に足を踏み入れてすぐに、声を出しました。

『警部補！』

ロイドさんです。

ロイドさんが縄のようなもので手足を縛られて、壁際で木製の古そうな椅子に座らされています。

いいえ、ロイドさんだけじゃありませんね。

ケネスさん、そして研人に甘利くん、渡辺くんも同じように手足を縄で縛られて、椅子に座らされています。椅子の種類は全部バラバラですね。よく見たら甘利くんは椅子ではなく何かの木箱です。

一人だけ床に座らされている見知らぬ大きな身体の男性がいますが、あの方はひょっとしてクレイグさんでしょうか。椅子がなかったんでしょう。

皆が手を上げて入ってきたジュンさんを見て少し驚き、それから残念そうな顔をしました。君も捕まってしまったのか、という思いでしょうか。

藍子もいました。

でも藍子だけは、何か相当ボロボロですが、革張りのソファに座らされていました。そして手足を縛っているのは縄ではなくハンカチかあるいはバンダナの類ですね。渋い藍色をしているのは単なる偶然でしょう。

さすが紳士の国イギリス、と感心した方がいいのでしょうか。たとえ人質でもご婦人には優しく接するのですね。

広い、まるで農場の倉庫のような建物です。天井には木製の梁《はり》が張り巡らされていて、天窓があり、そこから微《かす》かな陽差しが入っています。外は少しばかり明るい曇り空でしたからね。

そして、部屋のほぼ真ん中に、マードックさんがいました。

無事です。

椅子に座って、絵の前で作業をしていました。

本当に良かったです。藍子も、捕まってしまったんですけど無事なその姿を見てホッとしたことでしょう。

マードックさんの隣には、車椅子に座った男性がいらっしゃいました。この方が、おそらくですけれど、画家で修復士というハリーさんでしょう。二人で何か小声で会話をしながら、絵を修復しているようです。

ジュンさんを連れて来た男がジュンさんをソファに座らせ、そしてやはりハンカチで手足を縛りました。随分たくさんハンカチを持っているんですね。

覆面男は三人います。ジュンさんを連れて来たのはスーツ姿の男性でしたが、他の二人はスラックスに上着は何か作業着のようなものの男性と、ウールのグレイのセーターを着た男性です。でも中は白いワイシャツですから、あるいはスーツのジャケットを脱いで、ネクタイも外して車の中で着替えたのかもしれません。

『大人しくしていれば、危害は加えない。終われば、帰す』

ジュンさんを縛ったスーツの男性、やはり低い声でそう言います。明らかに身元がバレないように声の調子を変えているのでしょう。

隣に座っている藍子とジュンさんが顔を見合わせました。こんな場で何でしょうけど、思わず同時に会釈しちゃっていますね。

『警部補』

『喋るな』

ジュンさんがロイドさんに呼びかけたのですが、すぐに覆面スーツ男が遮ります。でも、よく映画とかでもするように、口にガムテープは貼られていませんよね。叫んでもどこにも届かないからなのでしょうか。たぶんそうでしょう。周りには他に家はありませんでしたから。

『確認だけさせて。警部補、お怪我は』

ジュンさんに言われて、ロイドさんは苦笑いします。

『足が痛いだけだ』

ジュンさん、ホッとした顔をして頷きます。それから藍子に向かって小さい声で言いました。

『皆さん、ご無事ですか？』

藍子が微笑みます。

『大丈夫。誰も怪我なんかしていないわ。夫もあの通り無事です』

聞こえたんでしょうね。マードックさんがこちらを向いて、小さく微笑みます。

状況は、わかりました。

この覆面男三人が、絵を横取りしようと現れた、いわば強盗団なのでしょう。そして、絵の修復が終わるまで、マードックさんとハリーさんに作業を続けさせているのです。

そこに皆がやってきたのですね。

ロイドさん、ケネスさん。そして研人たちも、ここに来た段階でジュンさんと同じように銃を突きつけられて捕まってしまったのでしょう。

ロイドさんは拳銃を持っていなかったのでしょうか。でも、たぶんですけれど、マードックさんとハリーさんを人質に取られていたのでしょうね。

覆面作業着男が、マードックさんとハリーさんの方に近づいていきましたね。

『わざと長引かせたりするなよ。そんなことをしても誰も得しない。命まで奪おうとは思ってないんだ。さっさと終わらせれば皆も早くそのまま帰れる。保証するからしっかり終わらせろ』

ハリーさんとマードックさんが覆面男を見て、小さく頷きます。

『そんなに時間は掛からない。間もなくだ』

ハリーさん、いえ紹介されていないのでたぶんですけれど、そう言いました。

ジュンさんに近づいて、一応小声で訊きます。

『あの車椅子の方が、ハリーさんですね？』

ジュンさん、わたしを見ないでじっと覆面スーツ男の方を見ながら小さく顎を動かしました。

どうしようもありません。わたしはこうして見ていることしかできませんし、全員が縛り上げられているんです。

映画やドラマみたいに、縄脱《なわぬ》けできる人がいるわけでもないでしょう。仮に縄脱けできても相手は拳銃を持っているんです。

覆面男たちの、修復が終われば皆をそのまま帰すという言葉を信じて待つしかないんでしょう。

『誰が最初に着いたのですか？』

ジュンさんが小声で藍子に訊きました。

『私たちが着いたときには、もうケネスとロイド警部補が来ていました。ケネスの車があったので急いで入ってきたんですが、あの男たちに銃を突きつけられていて、そのまま』

藍子が言って、ジュンさんが頷きます。

『あの男たちの予定ではクレイグさんとハリーさんと夫だけを脅してさっさと絵を持っていくはずだったみたいです』

『そこへ、警部補とケネスさんが来たんですね？』

『そうみたいです。その後にすぐ私たちが』

女性が小声で話している分には、覆面男たちもチラッと見ただけで何も言いませんね。やはり紳士の国の泥棒でしょうか。もちろん泥棒に紳士も何もないでしょうけれど。

『修復が終わっても、警察のロイド警部補がいるんですから、あの絵を売ったりはできないんじゃないですか？』

藍子が訊きました。藍子はブラック・マーケットの仕組みを聞いていませんからね。

ジュンさんは、小さく首を横に振りました。

『あの絵の元の所有者である美術館が保険金で買い戻すと言えば、警察はその段階では何もできません。表に出てくるのは無関係の〈交渉人〉だけなんです』

ジュンさん、言いながら何かを考えていますね。

わたしには、わかります。

あの覆面男たちは、監視カメラコントロールセンターの監視員〈ナイトA〉さんグループの可能性があるんです。

それを、ここで突きつけるかどうしようかですよね。それを知っているのは今のところジュンさんとわたしだけです。でも、今言ったところでどうしようもないです。仮に当たったとしたら、正体がバレたと、皆が殺されてしまうかもしれません。

ここは皆の無事だけを考えて、絵画を持っていかせて、後でロイド警部補や〈ナイトB〉のモーリスさんと話し合って、〈ナイトA〉他の皆さんを逮捕できるかどうかですよね。

マードックさんとハリーさんが小声でまた何かを話し合っています。近くには覆面作業着男ですね。

覆面スーツはソファの傍にいて、覆面セーターは研人たちの近くにいます。拳銃を持っているのは、覆面スーツと覆面セーターですね。覆面作業着が拳銃を持っていないのは、万が一でも絵を傷つけないようにでしょうか。

ロイド警部補も、じっとしています。動きようがないとわかっているからですね。人質が多すぎます。まだ子供みたいな研人たちに、ご婦人も二人。ましてや足を捻挫しているんですから、暴れもできないでしょう。

『もう無意味じゃないか？』

ロイドさんが、覆面スーツに声を掛けました。

『このまま絵を回収したとしても、俺が美術館に連絡するぞ。お前たちとは絶対に交渉するなと』

覆面男たちは、反応しませんね。

『これだけ、お前たちを目撃した人間がいる。たとえ顔がわからなくても、お前たちが去った後を徹底的に調べ尽くす。髪の毛一本でも落ちていればお前たちが何者かがわかるぞ』

そうですよね。今はそういう技術があります。日本でもイギリスでも同じですよね。でも、覆面男たちはただロイドさんを見ただけで、何も言い返しません。

よっぽど自分たちのこれからの計画に自信があるということなんでしょうか。

『監視員のナイトAだと、バラしたら駄目ですよね？』

ジュンさんに訊きました。きっとジュンさんもそれを考えているでしょうけど。わたしの方を見ないまま、小さく首を横に振りました。

駄目なんですね。そうですよね。相手は拳銃を持っているんです。ここにいるのが警察関係者だけならまだしも、まだ子供の研人たちまでいるのですから、危険に晒《さら》すわけにはいきませんよね。

覆面スーツが、ゆっくりとロイドさんに向かいました。

『無駄だ。黙っていろ。何度も言うが、命までは取らない。黙って大人しくしていろ』

ロイドさんが、唇を曲げます。

『じゃあ、せめて一服させてくれないか？　煙草に火を点けてくわえさせてくれ』

覆面の下で笑ったような気がしました。

『俺は吸わない』

そのときです。

何か、天井の方で音がしました。

皆が気づきましたね。

鳥でも屋根に止まったのでしょうか。バタバタと音がしています。

覆面男たちが、何があったのかと天井を見上げ、覆面セーターが外へ出て確かめようと動き始めたときです。

「あっ！」

研人が思わず日本語で叫びましたよね。わたしも思わずそう叫びそうになりました。

研人が何に驚いたのかわかっていなかった覆面男の三人も、それぞれの姿を見て、のけぞりそうになって驚いて、次の瞬間ピクリとも動かなくなりました。

まるで、その場で何もかも凍ってしまったかのようです。

全員が眼を見開いています。

映画やテレビでは観たことがありますよ。

赤い、光の点です。

ポインターって言えばいいんでしょうか。ライフルや、銃の類で照準を当てるやつですよね。狙撃手が標的を狙うときのものですよね。

覆面男たちのおでこの辺りや、心臓のところにピタリとその赤い点が、光があるのです。しかも、いくつもです。

我が家には猫たちを遊ばせるのに、あの赤い光を出すおもちゃがありますけれど、理屈は同じものですよね。猫よりも犬のサチが、あれが大好きなんですけれど。

誰かが、覆面男三人をライフルか何か、狙撃銃で狙っているのです。

全員が、息を呑んでいます。

マードックさんも筆を止めたまま、そしてハリーさんも動きません。

バタン！　と、音がして、皆一斉に顔だけ動かしてそちらを見ます。

『動かない方がいいよぉお』

扉が開いて、背の高い金髪の男がそこに現れました。

「じいちゃん！」

「お父さん！」

「がなとさん！」

「我南人さん！」

研人に藍子とマードックさん、それに甘利くんと渡辺くんが、同時に声を上げました。

他の皆は、誰だ？　という顔をして、でも、驚いています。

我南人ですよ。

今までどこに行っていたのかさっぱりわからなかったのですが、こんなところに、しかも狙撃手を伴ってって、この男はどういうことなんですか。

『無事だよねぇみんなぁあ。良かった良かったぁ』

いえ、良かったですけれども。

我南人の後ろからまた男の人が現れました。

あの人は。

『ジャ』

『だからぁ！』

男の人、マードックさんが何かを叫びそうになったのを、思いっきり勢いよく手のひらを広げて突き出し、遮って言いましたね。

『人前で俺の名前を呼ぶなって！』

恰幅《かっぷく》の良い栗色のさっぱりした髪の毛のこの方、J・Bさんですね？

ビーンさんですよね⁉

マードックさんのお友達で、以前にあの古本、イギリス王室のスキャンダルを書いたという私家版『コンフェッション』の件でマードックさんに連絡をくれて、英国秘密情報部の手から勘一たちを守ってくれた方ですよね。

イギリス政府の偉いところにいるんですよね。

やっぱり、来てくれましたか。

『お前もだケネス。俺の名前がわかっても、絶対に今、名前を呼ぶなよ』

指差されたケネスさんですが、怪訝《けげん》そうな顔をして、じっとビーンさんを見つめています。

そうですよね。ケネスさんはマードックさんの幼馴染みですが、ビーンさんもマードックさんの幼馴染みといっていい人だったはずです。そう聞いています。

ということは、ケネスさんとビーンさんも幼馴染みなのでしょうか。

ケネスさん、何度も眼を細め、しばたたかせながらビーンさんを見ています。

『どなた、でしょうか？』

『わからないのかよ！　まぁしょうがないけどなケネス。会うのはもう三十五年ぶりぐらいだしな。俺はお前の動向を知っていたけど、お前随分とまぁスラッとしたいけすかない男になっちまってもう』

ビーンさんにそう言われて、ケネスさん、ムッとしていますね。

『よく知らない方にそんなふうに言われる筋合いはないと思いますが』

『ケネス』

マードックさんです。少し笑みを見せながら言います。

『J・Bだよ』

『J・B?』

『聖歌隊で一緒だったじゃないか。ワインセラーの家のJ・Bだ』

あ、と、ケネスさんの口が大きく開きました。思わず笑顔になります。

『ジャ』

『呼ぶな！ 俺の名前を人前では決して呼ばないように。他の皆さんもね。もちろん初対面だけど、ホッタ・ケントくんそしてアマリくんもワタナベくんも、そしてアイコさんも、俺の名前をひょっとしたらマードックから聞いているかもしれないけど！』

研人も、あ、と口を開いてから慌てて閉じました。

そうですよね、その話は全部聞きましたよね。ロンドンに弾丸ツアーのようにして勘一と我南人と紺とマードックさんが出かけて行って、一暴れして帰ってきた顛末《てんまつ》を。

赤い光の点で狙われている覆面男三人は、まったく動けません。動かないで、喋っているビーンさんを見ています。

『で、だ。そこにいる覆面姿の三人。そしてロイド・フォスター警部補、ジュン・ヤマノウエ、クレイグ・イーデン、ハリー・コール。君らにも俺の身分を明かす義務はこれっぽっちもないけれどね』

じろり、と、皆を睨みます。ふくよかなお顔で可愛らしい眼をしているので、あまり迫力はありません。

でも、ビーンさん。

『俺は、政府内部の人間だ。と言っても覆面男三人もロイド警部補もヤマノウエさんも広い意味ではイギリス政府の省に属する人間だけどね。俺がどこに所属しているかは、言わない。言わないけど、偉いところだ』

もちろんロイド警部補やジュンさんは警察にお勤めですから、広い意味で確かにイギリス政府の管理下にいる方でしょうけど、覆面男三人もそう、ということは、やっぱりジュンさんの仮説は正しかったのでしょうか。

そしてやっぱりビーンさん、何もかもを知っているのですね。

『その覆面の男三人。いや二人か。まずは、銃を捨てろ。ゆっくりと床に置いて、こっちに滑らせろ。死にたくないだろう？　一ミリでもその指を動かそうとしたら、俺の命令抜きにして狙撃手が撃つからな。ちなみに銃を構えているのはMI5のテロ対策チームの某ブランチだ。お前らも知ってるだろ？　そりゃもう遠慮なくぶっ放すぞ。あっという間に蜂の巣だ。あ、ご婦人方は眼を伏せていた方がいいですよ。見たかったら別ですけれど。滅多に見られないでしょうから』

見たくはないですよね。日本だろうとイギリスだろうと。　映画とかドラマならまだしも。

拳銃を持っていたスーツとセーターの覆面男が、ゆっくりと頷きました。

『捨てる。撃つな』

ビーンさんが頷きます。

『よーしいい子だ。ゆっくり、そのまま腰を落としていってから、腕を下ろせ』

言われた通りに二人はゆっくりしゃがみ込んでいって、腕を下ろし、銃を床に置きました。それから、ビーンさんの方に滑らせましたが、片方が途中で止まってしまいましたね。

『まったくもう。あぁダメダメ、ケントくん触らないで俺が拾うから』

研人の近くに銃が来たものですから思わず足で触ろうとしていました。駄目ですよそんな危ないものを。

ビーンさんが歩きながらハンカチを広げて、その拳銃を拾い上げました。

『そっちの男は銃を持っていないな？　二人だけだよな？　嘘ついたらすぐ撃つぞ？』

『持っていない』

『他に武器はないか？　よし、おとなしく言うことを聞いたから、この場での射殺は勘弁してあげよう。でも、逮捕する』

指をパチン！　とビーンさんが鳴らすと、あれです。ヘルメットを被ってガードもっけて、本当に映画でしか見たことない武装した方々が四人入ってきて、覆面男三人を拘束しました。赤い光の点も、消えました。

緊張感が消えていきます。縛られていた皆さんも、狙撃手が覆面男を狙っているとわかってからは随分緊張していましたものね。

『あぁ、覆面は取らないようにね。見たくもないし誰かはわかっているから。連れて行ってくださいな。あとは、ここは俺の方で全部処理しておくからね。帰っていいですよお疲れ様です』

たぶん、警察関係かあるいはビーンさんが言ったテロ対策の方々なんでしょうね。イギリスのその辺はよくわからないのですが。ビーンさんの指示に頷いて覆面男を連行していきます。

外で、いつの間にかヘリコプターの音が聞こえていました。どこか遠くで待機していたんでしょうか。

そうですよね、いくら何でもああいう狙撃手の皆さんや、我南人たちだって車で近づいてきたら、音がしますよね。

状況がわかっていて、覆面男たちに気づかれないように、皆が徒歩で近づいてきたのかもしれません。

『キース！』

研人がまた叫びました。

まぁ、キースさんですよ。

武装した方々が覆面男三人を連れて出て行ったと思ったら、入れ替わりに入ってきたのはキースさんです。

革のジャケットに黒い細身のジーンズ、たぶん鰐皮《わにがわ》のブーツ。にこやかに微笑みながらキースさんが歩いてきます。

『研人、久しぶりだな。結婚おめでとう』

『ありがとう。じいちゃんが呼んだの？』

我南人が頷きます。

『呼んだというかぁ、ずっと一緒にいたんだぁ。J・Bと会うためにねぇ』

やはり、ビーンさんを呼んだのは、我南人でしたか。ビーンさんが唇を思いっきり歪めました。

『まったくこんな現場に彼を連れて来ちゃってさ、ロック界の至宝だぜ？　もしも彼に何かあったら俺はどうしたらいいんだって話だよ。でもどうしても一緒に行くっていうからさ、だから待っててもらったんだよキースさんだけはね。あいつらを逮捕するまではね。危険がなくなるまではね』

憤慨していますねビーンさん。

そういえば前のチャーリング・クロスのときにも、キースさんと会ってびっくりしていましたよねビーンさん。今回も呼ばれてしまって驚いたんじゃないでしょうか。そして、キースさんはビーンさんの連絡先を知っていたんでしょうか。

マードックさんが、ようやく動ける、と立ち上がってビーンさんに近づきます。

『ありがとうジャ』

『だから名前を呼ぶなって！　まったくだよ本当にもう。おっと、部隊に縄を解いてもらうのを忘れてた。マードック、そこにナイフはあるか』

『あ、あるよ』

『皆を解いてやろう。まずはご婦人からだ』

ビーンさんとマードックさんが、ジュンさんと藍子に近づいて、手足のハンカチを解いていきます。

『藍子さん、心配掛けました』

マードックさんが言います。藍子が微笑んで首を横に軽く振ります。

『ううん。無事で良かった』

『まったくだよね。アイコさん初めましてJ・Bです』

藍子も頭を下げます。

『いつぞやは祖父や父や弟がお世話になりご迷惑を掛けたそうで、本当にありがとうございました』

『いやいやとんでもないですそんな』

こんな場面でする挨拶ではないですけれど、いいですね。

我南人が、皆の縄を解いて回っていましたね。手さえ解けば後は自分でできますから。

研人も甘利くんの縄を解いて、今度は渡辺くんのを解きます。

皆が、やれやれと手首を擦《さす》ったりして立ち上がりました。ジュンさんが、ロイドさんに駆け寄ります。

『警部補』

ジュンさんの眼が潤んでいます。

『すまなかった。心配掛けたか』

いいえ、と、ジュンさん首を横に振ります。嬉しそうですね。

『まったく不甲斐ないが、ここへ君が来たってことは』

ロイドさんがビーンさんを見ました。まだ本当に何者なのかはわかっていませんけれど、自分より上役だってことは理解していますよね。

『J・Bってなら、呼んでいいんだね？』

研人が言うと、ビーンさんが渋々と言った感じで頷きます。

『不便だしね』

『ありがとう！　本当に助かった！』

『うん。まぁね。それで！　まったくマードック！』

『うん』

呼ばれたマードックさん、藍子と軽く抱き合っていたのですが、ビーンさんに向き直ります。

『どうしてお前は俺に厄介事ばっかり持ち込んでくるんだよ！』

『いや、別に僕が持ち込んだわけじゃないんだけど』

そうですよ。

『いや、そうだろうけどさ、でもなんだよまたこの騒ぎはさ。びっくりしちゃって俺はもうMI5まで動かしちゃってさ。今度お前に会うときは退職したときだって言ったのに、また会っちゃってしかもこの事件解決で出世しちゃうじゃないか俺は』

出世するんですか？

『まぁ良かったけどな。前から噂があって内偵を進めていたっていうのが本当にラッキーだったよ』

内偵、ですか。

ビーンさん、ケネスさんを見ます。

『ところで思い出してくれたか、ケネス』

ケネスさん、小さく頷きます。

『まさか、えーと、J・Bだったとは。しかも政府の役人だったなんて』

ビーンさん、手をひらひらさせます。

『お前だって弁護士に画商だ。どんだけ稼ぐんだよって話だよな。こんな変な形だけど、会えて嬉しいよ俺は。本当にだ』

あぁ、とケネスさんも笑みを見せて頷きます。近づいてきて、手を差し出して握手をします。

『こんな再会になってしまって、そう言える立場でもないが、ありがとう。僕も会えて嬉しいよ。本当に久しぶりだ』

マードックさんにケネスさん、そしてビーンさんと、子供の頃によく遊んだ近所の仲間なのですね。そういう友達というのは、何か特別なものがあります。勘一と祐円《ゆうえん》さんだって、あの年になっても毎日のように顔をつきあわせていますからね。

ビーンさん、うん、と大きく頷きます。

『さてと、だ。再会を喜んじゃうのは後回しにして、キースさんにガナトさん、英日のスーパーロックスターを立たせたまんま長話するのも失礼極まりないから、座ろうよ皆さん』

座るんですか。

そして長話するんですね。

『お茶も何も出ない殺風景なところだけど、俺だってもっと優雅に過ごしたいけどね。何もかもぜーんぶここで吐き出して解決させちまって皆に納得してもらって、後は何もなかったことにするからさ』

解決させる。

『何もなかったことにするの？』

研人です。

『そう、なかったことにするんだよケントくん。そうしなきゃあ俺がまずい立場になっちまうんだからね』

そうなのですか。さすがにビーンさんにだって立場というものがあるでしょうが。

『俺が上に報告するのは、以前から内偵を進めていた、悪さをしていた男たちをここで逮捕した！　っていうことだけだよ。それ以外はなーんにもなし。皆さん日本のお客様も、キースさんも、その他の皆も誰もここにはいなかった。いたのは、マードック、お前だけだよ』

マードックさんを指差します。

『あの三人に拉致されて無理やりに絵画の修復を頼まれた運の悪い画家マードック・G・S・モンゴメリー。お前だけが、ここにいたってことにする。そうじゃなきゃ困るんだよマジで。ケネスもマードックも俺の幼馴染みだよ。ロイド警部補だってケネスと友人だ。つまり、見方を変えたら俺が全部の黒幕みたいになっちまうんだよ！』

なるほど、それは確かに。

『いや、しかし、さっきのＭＩ５のメンバーには』

ロイドさんが外を指差しました。

ビーンさんが肩を竦めます。

『上官の、しかもとんでもない上の人から何も言うな、って言われたら言わないでしょうが。別に悪いことをしたわけじゃないんだからさ。いいから話をするから。椅子はどっかにあるよね人数分？』

きょろきょろするビーンさんを見て、研人と甘利くんと渡辺くんが、自分たちが座っていた椅子やら、その他にもあちこちから掻《か》き集めてきました。

若い子たちは動きが早いです。

本当にけっこうな人数になってしまいましたよね。

ロイド警部補、ジュンさん、我南人にキースさん、マードックさんに藍子、研人に甘利くん渡辺くん、ケネスさん、クレイグさんに、ハリーさん。

そして、ビーンさんです。

研人たちが運んできた椅子とソファは、自然と、ぐるっと大体丸く並んで置かれました。ほぼ中心にあるのは、マードックさんが修復していた絵画ですね。何となくそんなふうになってしまったんでしょう。

キースさんがゆっくりと笑みを浮かべながらソファに座ります。そうですよね、キースさんはソファでしょう。何ですか足を組んで座るだけで絵になります。その隣に我南人も座ってしまいました。まぁいいでしょうね。

美しい絵です。もう修復作業は終わったのでしょうか。

『J・B』

ロイドさんが声を掛けます。

『そう呼んでいいんですね？』

『そうそう。この先どっかで会ってもね』

『あの覆面の男たちを内偵していたと仰《おつしや》いましたが、あの連中はやはり政府か、あるいは警察関係の人間だったんですか？』

政府内部の人間、つまりとんでもない上役でしょうから、一応丁寧に話しましたね。

あぁ、と、ビーンさん頷きます。

『まずはそこを教えましょうかね。うん、そこから始めるのがいいか。でもね、あいつらの呼び名は、ヤマノウエさんやロイド警部補がよくご存じのはず』

『呼び名？』

ロイドさんが言って首を傾げます。

ビーンさんが、頷きました。

『あいつらは、ロイド警部補やヤマノウエさん、おまけにケネスやらクレイグたちの行動も全部把握していたんだよ？　何もかも筒抜けだったんですよ。そうでなければ、ここには来られないでしょう。君たちの計画した〈マードックにこっそり絵画を修復させる計画〉はそんな杜撰《ずさん》な計画じゃなかったはず。そうだろう？』

そうだろう？　と言われて、ケネスさんが、渋い顔をして頷きます。

『そんなことができる人間なんてのはかなり限られてくるよね？』

『そうなんです』

ジュンさんが思わずといった感じで警部補を見ました。すぐにわたしの方も見ましたけど慌てて眼をそらします。

あら、研人がそれに気づきましたね。わたしが見えていましたか。

『彼らの一人は、〈ナイトA〉です。コントロールセンターの』

『何？』

ロイドさんが驚きます。そしてビーンさんもちょっと眼を大きくしました。

『どうしてヤマノウエさんがそれを知ったかは訊かないでおいた方がいいね。そう、〈ナイトA〉と〈ナイトD〉そして〈ナイトF〉の三人ですよあの覆面男は』

『何てこった』

肩を落とすロイドさんです。煮え湯を飲まされるという言葉がありますけれど、そんな気持ちでしょうか。

ビーンさんが続けます。

『そうそう、いいですか皆さん、今ここで話されることは何もかも全部内緒の話です。全員墓場まで持っていってくださいね。そうしないと、いつ何時《なんどき》皆さんの元にイギリス秘密情報部が訪れるかわかりませんからね。たとえ皆さんがトウキョウに帰ったとしても、です。ちゃんと支局がありますからね』

皆を見回して、ビーンさんが言います。

『あの三人は、ニュー・スコットランドヤードの監視カメラコントロールセンターの監視員。彼らは本名では呼ばれない。ナイトというコードネームでしか呼ばれないんですが、れっきとしたヤードの職員ですよ。捜査官ではないけどね。まぁ立場的にはそこにいる事務官のジュンさんと同じでしょうかね』

ジュンさんが頷きます。

『じゃあ、彼らはその立場を利用して、今までにも何かの犯罪を、ですか。それでJ・Bは内偵を進めていたってことでしょうか』

藍子です。

ビーンさん、にっこり微笑んで藍子に頷きました。女性には優しい笑顔を見せるのですね。

『実に巧妙にね。日本の方はご存じないかもしれないですけど、このロンドンでは外を歩けば必ず監視カメラに映ると言っても過言ではないです。そしてその監視カメラの大部分をコントロールセンターから見ることができる。つまり、監視員の彼らはロンドン一般市民のささやかな秘密や失敗や、悪い連中の犯罪の現場から裏世界の連中がうっかり漏らした秘密までありとあらゆることを、その手にすることができた。ねぇ、監視カメラがあるって知ってるはずなのに、皆いろんなことをそのカメラの画角内でやってしまうんだよねぇ不思議と』

そういうものでしょうか。でもそうかもしれません。日本にだって今は監視カメラがあちこちにありますけれど、誰も普段は気にしていませんものね。

『でも、ゼッタイに秘密であって、外に持ち出したり誰かに言ったりしたらダメなそのいろんなことを、映像での証拠を、〈ナイトA〉とかは自分の利益のために利用していた？　たとえば、犯罪の証拠を消してやるから金を寄越せとか、ですか』

渡辺くんが言うと、ビーンさんは右手の人差し指をピン！　と立てました。

『その通り。頭が回るねワタナベくん。しかも、自分たちのそうした証拠も自由に消していた』

『悪い奴らだねー』

甘利くんが怒ります。

『悪いんだよ。しかもだね、小遣い稼ぎに悪党たちの悪行を見つけて脅していただけなら可愛いもんだけれど、エスカレートさせた奴らは政府内部のお偉いさんたちの秘密の所業まで調べ始めた。そして、脅しにかかってきたんだよ』

『脅し、ですか』

藍子が言います。

『日本で言えば、警視庁にお勤めの事務員さんが内閣の悪巧みを調べて脅して金を巻き上げようとしたみたいなものですよ。こりゃあもう俺たちが動きますよね。動かなくたって、そんな大それたことをしようって者には、バレなかったとしてもいつか天罰が下りますよ。日本にもそういうような諺《ことわざ》があるでしょう。《天罰はゆっくりだけど確実に来る》っていうようなね』

『日本では、「てんもうかいかいそにしてもらさず」ですね』

マードックさんです。よく知っていますね。

『え、でもお偉いさんが悪いことをしていたの？』

研人です。ビーンさんが咳払《せきばら》いをしました。

『そこはね、政治の世界ですよケントくん。悪いことではなく、必要なことをしようとしているけど、国民に知られたらまずいことなんか山ほどあるんですよ日本でもイギリスでもね。まぁ聞かなかったことにしておいて』

『まぁいいけど』

良くはないでしょうけどね。

『奴らの手段はおおよそわかっていた。監視カメラとコンピュータという最新最高の武器ですよ。必要なのは確実な直接の証拠だった。それがまぁ、天罰ってあるもんですよ。神のサイコロというか采配というか差配というか、ひょんなことから出てきたんですよ。〈ナイトA〉たちが、過去に盗まれたある名画を手に入れて、その保険金をまんまとせしめるチャンスを狙っているという情報がね。こちらにとっても、犯罪の明確な証拠を得るチャンスがね。そのチャンスを持ってきたっていうのが』

我南人を見ました。

『ガナトさんが、俺を捜したんですよ。まぁびっくりですよ。もう二度と会うこともないと思っていたキースさんから連絡が来たんですからね』

『え、キースは、J・Bの連絡先を知っていたの？』

研人に訊かれたキースさん、こくりと頷きます。

『あのチャーリング・クロスの後、サインが欲しいって言われてね。喜んでサインしたんだよ。そのときに、何かあったらいつでも連絡をってね。連絡先を貰っていたんだ』

サイン貰ったんですかビーンさん。いつの間にそんなことを。

ビーンさんが頷きます。

『そうなんだよ。それもこれを全部なかったことにする理由のひとつ。ダメなんだよ本来連絡先を教えるのはさ。いくらスーパースターに会えて嬉しかったとは言ってもさ。しかもまるで使いっ走りみたいに捜せってさ。わかるよね？』

マードックさんを見ました。

『ガナトさんが、マードックが何かに巻き込まれたらしいから捜してくれってね。キースさんを通して言ってきた。なんだそりゃって思ったら、最初のきっかけがロイド警部補だって言うじゃないか。任意同行させたってね。いやいくら何でもマードックが警察に眼をつけられる何かをするはずないだろって思った途端にピンと来てね。これはひょっとしてヤードの監視カメラコントロールセンター絡みのものじゃないかってね。もう慌てて捜したんですよ』

『何を、ですか』

『もちろん監視カメラの映像ですよアイコさん。マードックがヤードに連れて来られてから帰るまでの全部をね。俺はね、そういうものを何もかも全部すっ飛ばしてすぐに観られる立場にいるんです。すっごい権限をもっているんですよ』

『まさか、あなたはＳＦＯか』

ロイドさんが少し驚いて言いました。

『ＳＦＯって何？』

『重大不正捜査局。司法長官指揮下の、とにかく事件であればあらゆるところへの強制捜査権限を持っている』

そんな機関があるのですね。

ビーンさんが顔を顰めて、いやいや、と手を振りました。

『ロイド警部補、迂闊にそんなこと言わないでね。俺はそんなところにはいないよ。まぁ当たらずといえども遠からじだけど。とにかく全部すっ飛ばして確認したら、すぐに見つかった。もちろん見つけたのは、監視カメラの映像で、ですよ』

ビーンさんが、クレイグさんを見ました。

『クレイグ・イーデン。ロイド警部補とは長い付き合いの美術品専門ドライバーが、ヤードを出てきたマードックを車に乗せて連れて行くのをね』

マードックさんが頷きました。

『でも、無理やりじゃなかったですよ。ちょっとだけ脅されましたけど』

『確かにね。意外に素直に乗っていったよな。なんて脅されたんだ？』

『藍子さんの名前を出された。母さんのもね。そんな個人情報まで知ってるんだったら逆らってもしょうがないと思ったし、何より車から絵の具の匂いがしたんだ。マスクをした人も乗っていて、ハリーさんだったんだけど、車椅子と一緒に画材のようなものも積んであったからひょっとしたら美術関係の人だなって。まさかそのまま連れて行かれるとは思わなかったけれど』

『お前、昔っから人がいいよね』

本当ですよ。

『まぁ、それでさらにピンと来た。マードックを連れて行ったのは絵画に関することで何かさせるためか、と。それなら修復か贋作のどちらかだ。贋作は時間が掛かりすぎるから無理で修復だろうと。ならば、ロイド警部補絡みで盗まれた何かの絵が見つかって、それをこっそりと修復させるためにマードックを連れて行ったんだな、と』

『それで〈ナイトA〉たちが監視していた証拠も見つけたんですね？』

ジュンさんが訊きました。

『その通り。奴ら自分たちの職場なんで油断していたんだろうね。ロイド警部補やクレイグを監視した足跡を全部残していた。クレイグがマードックを乗せて行った行き先もね。ついでにロイド警部補に掛かってきた電話も盗聴したら、ケネスが出てきた。それで、全員を繋ぐラインも見えたってね』

『ライン？』

大きく頷きます。

『俺とケネスとマードックが幼馴染みであり、ロイド警部補とケネスは大学の同窓生だ。まぁロイド警部補とマードックはまったく面識はないけどな。ケネスで繋がっていたのさ。マードックを連れ出すのにロイド警部補、連れ出した後にケネスがフォロー。なるほど、これで全部見えたってことだ』

『え、じゃあさＪ・Ｂ。オレと藍ちゃんのスマホにマードックさんは無事だって電話してきたのって、Ｊ・Ｂなの？』

『そうだよ。気づかなかった？』

『全然わからなかった』

ビーンさんだったのですね。そして、ジュンさんがわたしと話して仮説を立てたときの、もう一つの誰かわからないグループというのが、ビーンさんの所属するところだったのでしょう。

『じゃあ、ケネス。やっぱりあなたは全部知っていたのね』

藍子です。

ケネスさんは、小さく頷き、ゆっくり立ち上がりました。そして、頭を下げます。

『申し訳なかった。マードックやアイコばかりかケントくんたちまで巻き込んで、怖い思いをさせてしまった』

『怖くはなかったわ』

これで肝は据わっていますからね藍子は。

『ただ、少し怒っているだけ。どうして何もかもを最初から言ってくれなかったのかって』

『でも、ケネスさんはあくまでもマードックさんを守るために動いたんだよね？』

研人です。ケネスさん、溜息をつきます。

『いいわけにしかならないが、マードックには何の危険もないし、ただこれに巻き込まれた被害者という立場にするためだった。それは間違いない。そしてマードックのご家族にも辛い思いをさせないように配慮するためだった』

やっぱり、研人が感じたように、それで、ケネスさんはすぐに家にやってきたんですね。本当なら藍子しかいないはずだったのに、研人たちがやってきてしまって慌てたのでしょう。

『オレなんだ』

クレイグ・イーデンさん、でしたね。美術品専門のドライバーさんということでしたけれど。

『オレだ。この〈スチュワート美術館〉から盗まれたサン・ターンの〈青の貴婦人〉を見つけたことから始めてしまった。悪いのは、全部オレだ』

大きく息を吐きます。そういえば初めてこの絵のタイトルを知りました。〈青の貴婦人〉ですか。

美しい青いドレスが本当に印象的な絵画です。この青を出すのには確かに一流の修復士の腕が必要だろうと、素人であるわたしも思ってしまうほどに。

『もう皆がわかっていると思うが、マードックさんが修復していたのは、今までどこにあるのかも、誰の手に落ちたのかも何もわからなかった絵だ。それが、ひどい状態で見つかった。オレがたまたま偶然に見つけたんだ。それは、本当だ』

クレイグさんがビーンさんを見ると、ビーンさん大きく頷きました。

『わかってるよ。そこんところも〈ナイトＡ〉たちは全部見ていた。お前さんが盗んだんじゃない。本当に、偶然見つけてしまったんだよな。けっこうな金額が入ってくるお宝のような絵を』

そうだ、と、クレイグさんが頷きます。

『この絵の保険の額は、真っ当な状態だったら八十万ポンドはする』

八十万ポンド。

研人です。

『て、いくら？』

『日本円にすると、一億円は超えますね』

マードックさんが教えました。一億円ですか。本当にとんでもない大金です。クレイグさん、ハリーさんを見ました。

『救いの女神になると思ってしまった。魔が差したなんて言わない。本当に、そう思ったんだ。誰も傷つけずに、保険金だけ貰えばそれで済む』

首を横に軽く振りました。

『本当なら、そのままハリーに修復してもらえばそれで済んだ。後は交渉人を誰にするかを悩めば良かったんだが、この通り、ハリーは右半身に麻痺が残っている。絵筆は握れない。指示はできても修復自体はできないんだ。だからといって、他の誰にでも頼めるわけじゃない。これは、犯罪だ。捕まればそいつは刑務所行きだ。そいつが警察に駆け込めばオレたちは捕まる。そんなことは絶対にできなかった』

『でも、クレイグさん。あなたはもう足を洗って、二度と悪さはしないと、ずっと堅気の仕事を、私たちと一緒にやってきたのに』

ジュンさんです。そうですよね。真面目に働いていたんですよね。クレイグさんが、
また小さく息を吐きました。

『ハリーは、オレの兄なんだ』

『お兄さん？』

ジュンさんもビーンさんも少し驚きました。

それは知らなかったようですね。

『血は繋がっていない。孤児だったオレを引き取ってくれたのが、ハリーの父親だった。一緒に育ったんだ。優しく本当の弟のように可愛がってくれた。ハリーと過ごした少年の頃が、オレの人生でいちばん幸せな時期だった。そのハリーが、この状態だ。もう絵筆を持つこともできやしない。オレが、一生面倒を見ると誓った。けれども、ドライバーだけじゃろくに稼げなかった。懸命に働いても、食うや食わずの生活だった。だから、決して犯罪じゃないが、ヤバい連中が隠した危ないブツを探して返すようなギリギリの仕事もした。その仕事をしている最中に、これが出てきたんだ』

失《う》せ物《もの》を探す仕事ですか。確かにそれ自体は犯罪ではありませんね。

『この絵が』

ジュンさんが言い、クレイグさんが頷きます。

『ロイドの娘、モニカの病気のことも、もちろん知っていた。医療費がかかる上に、ハリーと同じ車椅子の生活だ。ところが別れた奥さんとモニカが暮らすアパートは車椅子じゃ生活できやしない。車椅子に乗ったら自分の部屋から移動もできない。外にも出られない。金が、かかるんだ。必要なんだ』

ロイドさんが、顔を顰めました。

『この〈青の貴婦人〉を修復して完璧な状態で戻してやれば、誰も傷つけずに八十万ポンドが手に入る。それを、オレはロイドに持ちかけた。ロイドが仕切ってくれれば決して捕まることはない。ハリーには二十万でいい。六十万は、モニカのために使ってもらおうと思っていた。それだけあれば、車椅子での生活ができるような家に引っ越すこともできる。元の奥さんは、保育士だったが、モニカの世話で仕事ができなくなっている。それも、楽になるだろうと思った。だから、ロイドに話したんだ。誰にも知られずに絵を修復して、そして交渉人を立てて、保険金の八十万ポンドを受け取ろうと』

　そういうことだったのですか。

『交渉人は、ケネスができる』

　ロイドさんです。

『過去にも一度、やらされたことがあるからな。あのときは結局絵は戻らなかったが、見事な交渉役をしてくれた。友達を巻き込むのは本当に申し訳ないと思ったが、事情を話した。ケネスは、頷いてくれたんだ』

　弁護士のケネスさん。

『弁護士としてあるまじき行為だっていうのはわかっていた。けれども、ロイドの窮状は知っていた。可愛い娘さんのために何とかしてやりたかったしお金の工面でもしてあげたかったけれど、J・B。僕もそんな儲かっているわけじゃない。むしろ、ギャラリー経営は赤字なんだ』

　ビーンさん、ひょいと肩を竦めました。

『わかってたよ。調べてたからな。それでも、美術と芸術を愛するお前は若い才能あるアーティストや、才能があっても不遇をかこっているアーティストの作品を買い続けて自分のギャラリーから世に送り出していたんだよな？　美の女神のパトロンとして、自分が叶えられなかった夢を託していたんだろう？』

ケネスさん、苦笑します。そうだったんですか。

『自分が〈交渉人〉として、連絡係をすればいいだけだ。それだけで、友の苦境を救える。救った後に、僅かでも手数料を貰えばギャラリーも続けられる。クレイグも言ったが誰も傷つけずに』

マードックさんを見ました。

『画家であり修復士でもあるハリーの腕も知っていた。そしてマードックの腕も。彼は修復士以上の腕と知識を持っている。ハリーの指示さえあれば、マードックは見事に修復してくれるだろうと思った。何よりも、他に誰も犯罪に巻き込まないために。何も知らないままにさせられたのなら、マードックに一切罪はない。だから、マードックは誰かに連れ去られて行方不明という状況を作り上げた。仕事にも影響がないように手配もするようにした』

完璧な作戦だったのですね。

今こうして聞かされても穴はないように思います。

『見事な手際だよね。さすがケネスだよ。あの頃からお前頭切れたもんな』

『それはお前だよJ・B』

『何かおかしいなとは思っていたんだよ。修復しながらね』

マードックさんが言います。

『僕は、実はハリーさんを知っていたんだ』

ハリーさんも頷きましたね。知っていたのですか。同じイギリスで活動する画家同士ですものね。どこかで顔を合わせていたのでしょうか。

『ここに連れて来られたときには、ハリーさんもマスクをしていてわからなかったけれどね。修復士や腕のある画家はそれなりにいるのに、どうしてこの人たちは僕を選んだんだろうって考えたら、ケネスからの線しかないだろうなって思っていた。もちろんケネスが悪い考えでこんなことをするはずはないから、きっと深い事情があるんだろうって思っていた』

そうですよね。

『だから、素直に修復していたんだ。もちろんこんな素晴らしい絵をこのままにしておくなんて許せなかったしね。そうしたら、あの覆面男たちに突然襲われて、その後はハリーさんもマスクを取ったのでわかった。ハリーさんだったのか、って。そしてケネスはハリーさんの絵も多く扱っていたからやっぱりそうなんだろうなって。そして、もしもケネスがこんなことを計画したんだったら、きっと僕を犯罪に加担させたくなくてやっているんだろうなって』

『だから、黙って従っていたんだねぇ』

『悪かった。怒ってくれていい。お前だけじゃなく、アイコにも不安な思いをさせて、あんな連中に狙われるようなことになってしまって』

ケネスさんです。うな垂れて、言います。

マードックさんが、少し表情を険しくします。

『怒ってるよ』

確かに怒っている顔です。マードックさんのこんな顔は滅多に見られません。初めてではないでしょうか。

怒って、すぐに微笑みました。

『でも、怒っているのはこんなことをしたからじゃない。僕に最初から素直に言ってくれなかったことにだ。素直に言ってくれれば、僕だって喜んで計画に参加したんだケネス。友達だろ』

『いや、お前を、お前だけは、犯罪者にするわけにはいかなかったんだ。でも、お前しかいなかったんだ。適任だったんだ』

『全部コントロールできるからだったんだよね』

研人です。

『本当なら、藍ちゃんだけしかいなかったんだ。消えたマードックさんを心配する藍ちゃんの傍《そば》にいて、全部きちんと処理しながら一日か二日、藍ちゃんを慰めていれば、それでマードックさんが帰ってくる予定だったんだよね？』

ケネスさん、その通りだと頷きます。

『でも、完全に予定外で、計画実行のときにオレらが来ちゃったんだ。それで、いろんなものが崩れちゃった。しかもその〈ナイトA〉とかに狙われていたのをまったく知らなかったし、おまけに、まさかじいちゃんがキースを通じてマードックさんを捜すのにJ・Bに頼むなんてわからなかった』

その通りだね、と、ビーンさんが続けました。

『ま、結果として良かったんだけどね犯罪者にならないで』

『なってないの？』

『まぁ計画としては立派な犯罪なんだが、今この時点ではただの計画で終わってる。マードックとケネスが友人なんだからな。ケネスとロイドたちも友人だ。仲間同士でこうして集まって、たまたま見つけた絵画を見事に修復しただけなら犯罪じゃない。むしろ善行だ。まだ交渉も何もしていないからな』

確かに、そうですね。

『ま、マードックを拉致同然に連れ出したのはちょいと犯罪だろうけど、これも友達が友達同士でやったことだ。なんだ知り合いじゃないかってマードックが笑って許せばただの悪戯だよ。そうだろマードック』

『そうだね』

マードックさんが、笑って頷きます。

『まぁあLOVEだねぇ、ってことだよぉ』

ここでも、それですか。

英語で言っても通じちゃいますね。

『何もかもの始まりがLOVEだったんだよねぇ。LOVEのために人は罪を犯すこともあるよぉ。LOVEゆえに許されることもあるだろうけどぉ、ロイドちゃんは、娘さんのためにも犯罪者になっちゃあ、ダメだねぇぇ』

『そういうことだな』

ビーンさんが言います。

『マードック、貴婦人の修復は終わったのか？』

『もう少しかな』

マードックさんがそう言ってハリーさんを見ると、頷きます。

『絵の具の乾き具合を確認するのに、あと一時間も貰えれば完璧だ』

ハリーさんが静かに言います。初めて声を聞きましたが、ほぼ坊主頭の風貌に似合った渋い声です。

『よし、じゃあさっさとそいつを終わらせよう。終わったら、ロイド警部補がそれを預かってそして適当に発見した経緯をでっち上げてからクレイグが運んで〈スチュワート美術館〉に返すんだ。ヤマノウエさんも手伝ってくれよ』

ジュンさん、しっかりと頷きます。

『もちろん、保険金なんか受け取るなよ。それで、ここにいる皆が黙っていれば、この件はこれにて終了！　大学の講義を休まされたマードックは働き損だけど、いいよな？　後でケネスにしっかり奢ってもらって済ませろ。ね？　アイコさんも心配して損しましたけどそれで手打ちってことでね？』

藍子、少し唇を曲げましたけれど、頷きます。

『何もなかったんですもの。それに、これぐらいのことなら慣れてるわ』

そうですよね。それに皆が無事で済んだんですから。

『まぁガソリン代ぐらいは俺の方の経費で払ってやりますよ』

『ライブをやろう』

急に研人が声を上げました。

『なんだいいきなりケントくん』

ビーンさんが眼を丸くします。

『オレらがイギリスでライブをやるんだ。キースがゲストに入ってくれたらすっげぇお客入ると思う』

キースさんがちょっと首を傾げながらもニヤリと笑いましたね。

『そりゃそうでしょうよ。いくら君たちが日本の新人バンドでも、キースさんがゲストに来れば客は入りますよ。で、何でいきなり？』

『だってさ、オレらが動かなかったら、この計画を暴かなかったら、誰も怪我しない損しないで保険の分の金がロイドさんたちに入ったかもしれないんでしょう？　それでロイドさんの子供は救われたんだ。まぁ保険会社はあれだけど、そのためのものなんだし、マードックさんはただ働きだろうけどそんな名画を修復できていい経験になったんじゃない？』

『そうだね』

『そういうのを潰しちゃったんだからさ。代わりにオレらがライブやってそこでこれから作るフルアルバム売って、その利益も全部娘さんのために寄付するよ。そうだ、ライブエイドみたいにして、寄付も募ればいいんだ』

『それは』

ロイドさんが思わずと言った感じで言いましたね。

『いや、ロイドさん。オレらは世界中で通用するバンドになりたいんだ。これは、その第一歩。キースが一緒にイギリス中のライブハウスでやってくれるなんてめっちゃいい宣伝になる。CDも売れて名も売れてしかも美談。どう、こんなめっちゃ打算的なアイデアなら、ロイドさんもお金をただ貰っても申し訳ないなんて思わないでしょ』

皆が一瞬眼を丸くした後に、笑いましたね。確かにものすごく打算的なアイデアです。でも、素敵なアイデアですよ。

『いいねぇ研人。それなら確かにロイドちゃんも受け取ってくれるねぇ』

『いやしかし』

ロイドさんが戸惑います。

『そうだ、クレイグさんはさ、ドライバーさんなんでしょ？　オレら、イギリス中回るから車のドライバーやってよ。それでギャラ払う』

クレイグさんが、眼を見開いた後、大きな身体を揺すって笑いましたね。右手の親指を上げましたよ。やるってことですね。

パン！　と手を打って笑ったのはキースさんです。

『いいアイデアだ。研人には同じぐらいの年の妹がいるからな。我南人の孫たちだ。他人事《ひとごと》とは思えないんだろうさ』

確かにそうですね。十歳ならかんなちゃん鈴花ちゃんとそう違いはありません。もし二人が病気になったら、研人はそれこそ全てを擲《なげう》ってでも救おうとするでしょう。

キースさんが続けました。

『絵は、すぐに直せよ。そして素直にそのまま返してやりな。ライブで回った最後に、俺と我南人のバンドがロイド警部補の娘さんのために、研人のバンドとチャリティ・ライブをやる。場所はきっと〈スチュワート美術館〉が提供してくれる。あそこのホールはめっちゃ音響がいいぜ。なぁ我南人。いいよな』

『いいねぇ、楽しみができたよぉ』

楽しそうですけれど、本当にいいんでしょうか。

今度は、パン！　と同じようにビーンさんが手を打ちました。

『よし！　まぁそれはそれでいいね！　楽しみにしておきましょう。もちろん俺は招待してもらいますよ。で、まだ時間が掛かる。全員解散するにはもうちょっと待ってもらうから、そうだな、ケントくんたちさ』

『なに？』

『ちょっと遠いけど農場の先に店があるからさ、何かお茶でもコーヒーでもジュースでも飲むものと、ドーナツでも何でもおやつとか腹に溜《た》まるものを買ってきてくれないか。はい、お金は渡す』

ビーンさんがお財布から、ピッ、と紙幣を出してきました。

『オッケー、何でもいいんだね？』

『何でもいい。好きなものをいくらでも。お釣りはお小遣い。おっと、ケネス、ここの場所はまだ使えるんだよな？』

ケネスさん、頷きます。

『大丈夫だ。まだ何日でも使える』

じゃあ行ってくる、と、研人と甘利くん、渡辺くんが出て行きます。

『私もついていくわ』

藍子も後を追いましたね。まだ三人だけで行かせるのは不安ですよね。

『さぁて、それで、だ』

ビーンさんが、車が出て行く音を確認してから、ロイドさんとジュンさんのところへ歩いていきました。

『ロイド警部補』

真面目な顔をして、言います。

『子供には聞かせられない話をするけれど、警察官でありながら、あんたは罪を犯そうとした』

『はい』

静かに、頷きます。

『本当なら懲戒免職ものだ。ただまぁこうして未遂に終わったわけだし情状酌量の余地が十分あるから見逃してやろうっていう話をずっとしていたんだけど、俺が知ってしまった以上は、それ相応のペナルティは覚悟しているよね？』

『もちろんです』

ロイドさんが、頷きます。

『よし、じゃあこれからは俺の手先になりなさい』

『手先？』

『俺の出世のために犬になって走り回るんだよ。通常の業務に加えて、ヤード内部のあらゆる不正警官たちに眼を光らせるんだ。俺の番犬になるんだよ。そういう人たちが欲しかったんだよね。今回みたいに、警官だけじゃなくて一般の事務官やそういうところまでは眼が届かないんだよ、どうしても。あ、何だったらヤマノウエさんも、それからクレイグもハリーも含めてね』

『それは』

ロイドさんとジュンさんが顔を見合わせます。

『できます』

ジュンさんが言います。

『警部補は優秀で正義感に溢れた警察官なのに、そう言うのは何ですけど、こんな閑職にいるのは、以前の上司の不正を見過ごせなかったからです』

『ジュン、それは』

そういうことが昔あったのですか。ビーンさん、にやりと笑いましたね。

『そんなことだろうと思ったよ。その代わり、モニカちゃんのために、政府から金をせしめるよ』

『え?』

『娘さん、モニカちゃんの病気は百万人に一人という難病の脊髄炎だってね。ちゃんと調べたよ。この病気を国の治療研究対象とするんだ。研究に協力してもらうことになるけど、それで、これからの車椅子での暮らしに十分な費用が出るようにするよ』

そんなことができるのですか。できるんでしょうね、何たって政府の中枢にいる方なんですから。

『ケントくんのアイデアは素晴らしいし、俺もキースさんのライブは観たい。ぜひやってほしいけどね。でも、どう頑張ったって、日本人の若手バンドのライブとCDの売り上げだけじゃあ、キースさんの名をもってしても、それは〈青の貴婦人〉の八十万ポンドにはほど遠いよ』

それは間違いないですね。

『だから、ライブの売り上げは、クレイグとハリーに回してやればいいさ。それできっと何とかなるってもんだよ』

クレイグさんとハリーさんが顔を見合わせました。我南人もキースさんも、うんうんと頷いています。

『しかし、何故、あなたはそんなことを』

ロイドさんが言うと、ビーンさん、唇を少し曲げました。

皆を見回します。

『マードックは俺の大事な友人だ。ケネスとも大切な思い出を分かち合う友だ。その友たちがあんたを助けようとしたんなら、あんたも俺の大事な仲間だ。それに、俺にも、娘がいるんだよ。モニカちゃんと同い年だ。とても他人事とは思えない。職権乱用と言われようが何だろうが、俺がそうしたいんだ』

マードックさんとケネスさんを見ました。

『シャーロットって言うんだ。可愛いんだ。今度一緒に会ってくれよ。家族でさ』

マードックさんとケネスさんも頷きます。

『もちろんだ』

ビーンさん。いい人ですよね。

マードックさんも本当にいい友達を持ちましたよ。

エピローグその一　東京の堀田家

東京はすっかり夜も更けました。

やっぱり我が家に帰ってくると、たとえ留守にしていたのがほんの少しの間だけだとしてもホッとしますね。

もう皆がそれぞれの部屋で眠っていたり、大人たちはまだ起きて本を読んでいたりパソコンで何かをしていたり。

見てきましたけど、かんなちゃんと鈴花ちゃんは二人でぐっすり眠っていましたよ。とても仲の良い二人ですが、寝相は全然違うのですよね。普段元気一杯で活発なかんなちゃんはとても大人しい寝方なのです。普段はちょっと大人しくてかんなちゃんの陰に隠れるような鈴花ちゃんの方が、寝相が悪いのですよね。

布団を直してあげたいと思っても、この身ではできません。風邪を引かないようにね、と思いながら部屋を後にします。

我が家の、仏間です。

わたしがしばらくいなかったのをわかっているんでしょうか。

犬のアキとサチ、猫の玉三郎《たまさぶろう》とノラ、ポコにベンジャミンがやたらと傍に寄ってきては、去っていきます。わたしに匂いなんかはたぶんないと思うのですが、アキとサチは鼻をくんくんさせていますよね。

犬猫に限らず、動物たちは不思議ですね。そういうものを感じるというのはどうしてなのでしょうか。

誰かが来ました。

やっぱり、紺ですね。

仏間に入ってきて仏壇の前に座り、おりんを小さく鳴らします。藍子がもう電話でマードックさんは無事だったと伝えましたからね。

わたしがイギリスから帰ってきていて、話せるかと思って来たんでしょう。

「ばあちゃん、いる？」

「はい、いますよ。帰ってきてます」

「お疲れさま。電話ではさ、マードックさん無事に帰ってきたよで済ませてたけど何かとんでもないことがあったんだろう？　ばあちゃんの気配がないときは、イギリスにいるんだろうなって思ってた」

「そうなんですよ。でもね、紺」

「うん」

「今回、マードックさんの身の上に起こったことは、誰にも言えないんですよ」

「親父と研人は全部知ってるんだよね？」

「もちろん知ってます。藍子も、それに甘利くんも渡辺くんもね。でも、帰ってきても誰も何も話しませんよ。墓場まで持っていく秘密だと、しっかり約束しましたからね。紺もイギリスで会ったある人と」

「僕も会った？　キース？」

「違いますよ」

「キースじゃないとしたら」

あ、と、紺の口が開きました。

勘の良い紺のことですから、きっとビーンさんのことを思い出しましたよね。

「そうか、そんなに大きな出来事が起こっていたんだね。英国政府の関係者が動いて口止めするような」

「まぁ、そういうことですよ。でも、ちゃんと解決はしましたから本当にもう大丈夫ですよ」

「どうして我が家の人間は、どこかへ行く度に何かに巻き込まれちゃうんだろうね」

「きっとそういう星の下に生まれついたんですよ。人生に退屈しないでいいじゃないですか」

「そうだね。あれ？　終わったかな」

聞こえなくなりましたか。

「おやすみ、ばあちゃん」

はい、おやすみなさい。

紺との会話はこうやって不便ではありますけれど、これはこれで味があるというものですよね。

ジュンさんのことを教えてあげようと思いましたけど、そのうちに話せればいいでしょう。きっと驚きますよ。かんなちゃん以外にそんな人がいたのかと。

いつかかんなちゃんも、あのジュンさんみたいに普通にわたしと、二人きりのときには自由に話したりできるようになるのでしょうね。今もできないことはないですけれど、かんなちゃんと二人きりになることなんかまずないですからね。

今ごろロンドンは夕方になる頃でしょうか。皆がそれぞれに日常に戻って、一息ついていることでしょう。

ジュンさんにはまた会いに来ますよ、と言いました。

もういつでもわたしはニュー・スコットランドヤードに飛んでいけますからね。

ひょいと顔を出してロンドンの街を案内してもらいましょう。どうしてもわたしに連絡を取りたいときには、研人に電話してくださいと言っておきました。

研人も後からジュンさんと話して、わたしがいつでも見えて話もできるのはいいなぁと羨ましがっていました。そして、かんなちゃんもそうなのでいつか一緒に会おうと約束していました。

新しい友情へと繋がる出会いになったような気がします。

愛情と友情。

我南人ではありませんが、確かに人はLOVEで間違いを犯すこともあるでしょうね。

でも、その間違いを正したり、やり直させるのもまたLOVEなのでしょう。そして、いつまでも消えることのないLOVEを、友情と呼ぶのかもしれません。

Epilogue 2　Jun's Home in England
（イギリスのジュンの家）


パンが焼けた。

いつもの朝の、いつものブレックファスト。

トーストにマーマレードを塗ってレタスにターンオーバーのフライドエッグ。その上にマヨネーズをかける。そしてホットミルクと紅茶は別々に。

ハンナも、いつものトーストとマーマレードに、今日はスクランブルエッグ。それから、冷たいミルクと紅茶。

どうして占いで朝の卵の焼き方を決めるのかはわからないし、訊かない。もうずっとそうなんだから。

『ジュン』

『ん？』

スクランブルエッグを食べて、銀髪の下の銀縁メガネの奥からギョロリと睨むグランマ・ハンナ。

『卵、柔らかすぎた？』

『いいえスクランブルエッグは最高よ。今あなたが流しているこの曲なんだけど』

あぁ。

『どう？ いいでしょう？ 朝の食卓にもぴったりの爽やかな曲でしょ？ ボーカルの声もいいのよね、甘いのにちょっとハスキーな雰囲気もあって』

『そうね、いいと思うんだけど、ちょっと下手くそな英語が気になるわ。どこの国のバンドなの』

『日本のバンドなのよ。歌ってるのは、まだ十八、九の男の子よ』

『あら』

そうなの？ ってちょっと眼を丸くして。

『日本人の若い男の子にしちゃあ、色気のある発音と声ね。てっきりフランスかスペインのバンドかと思っちゃったわ』

『いいでしょ？ まだアルバム出してないニューフェイスなの。今こっちで録音して作っている最中のアルバムの曲よ。友達になってね、データ送ってもらったの』

『どこで知り合ったのよそんな若い子たちと』

『まぁ、仕事関係よ。若いアーティスト仲間ね。たまたまこっちのスタジオに録音しに来ていて、ほら日本人だからね。私とも繋がりがあるからって』

『何ていうバンドなの？』

『〈TOKYO BANDWAGON〉。良い名前でしょ？　アルバム出来上がったら、こっちでライブもやるんですって。一緒に行かない？』

『そうね。いいわね。久しぶりに若いバンドを良いと思ったわ』

ハンナは音楽好き。それも、ロックだって何だって聴く。ローリング・ストーンズを追っかけてコンサートに行ってたぐらいなんだから。

良かったわケントくん。

さっそくロンドンでのファン一号よ。それも、人生の大ベテランの。あなたの大ばあちゃんと同じぐらいの。

あ、私がファン一号だから、ハンナは二号か。


アパートから歩いて三分のオールドタウンホールのバス停。

今日は警部補は休み。特捜班に着いても誰もいない。

警部補が休日でもないのに休むなんて、今までも娘のモニカちゃんのため以外になかったけど、今日もまさにその通り。

J・Bから連絡があって、手続きの関係で父親である警部補も直接サインをしなきゃならなかったんだ。さすがにその辺はJ・Bもすっ飛ばして手続きすることはできなかったみたい。

これで、モニカちゃんには治療研究対象として、生活全般においても支援体制が整えられることになる。

車椅子で家中を移動できる家に引っ越すことができて、お母さんであるルイスさんも職の心配をすることなく、モニカちゃんの世話ができるようになるんだ。

それどころか、ひょっとしたら、本当にひょっとしたらだけど、将来病気が治る可能性だって出てきた。なんたって国立の研究所の医師たちが、きちんと仕事としてモニカちゃんの病気を研究するんだから。

嬉しくって、しょうがない。

警部補が休んでしまうと実質何もすることがなくなってしまって、私は今までの案件の資料整理とか、各国の美術館とかギャラリーの展示内容を調べたりするルーティンをこなす、のんびりした一日になるかな。

『おはよう、ジュン』

『おはよう、パティ』

何だか朝ここで会うのは久しぶり。

『しばらく会わなかったね？』

　パティがちょっと顔を顰めた。

『ずっと遅番、しかもナイト・シフトが続いたの。いろいろと人手不足になっちゃって。ようやくいつもの体制に戻れたのよ』

『あら、大変だったのね』

『大変も大変。ナイト・シフトは嫌いじゃないけれど、つまり夜更かしになるんだからゼッタイにお肌に悪いと思うのよね』

　確かにそうかも。

『でも、いいところもあるわ。ナイト・シフトは休憩時間が長くて音楽聴いたり雑誌を読んだり、けっこうのんびりできちゃうのよね』

　そうなんだ。

『あ、そうだパティ。音楽は好きよね？　ロックとか聴く？』

『もちろん！』

　いっつも耳にはイヤホンがあるものね。

『じゃあ、聴いてみて！　すっごくいい若いバンドを見つけたの。しかも日本人よ』

『え、どれどれ聴かせて！』

　イヤホンを貸してあげて、私のスマホから流す。

ケントくんたちの〈TOKYO BANDWAGON〉。
ひょっとしたら、第三号になってくれるかもよ。
ロンドンでやるライブに、ハンナとパティと三人で行けるかも。

あの頃、たくさんの涙と笑いをお茶の間に届けてくれたテレビドラマへ。

解説

城崎友博

あの頃、たくさんの涙と笑いをお茶の間に届けてくれたテレビドラマへ。

「東京バンドワゴン」シリーズのラストはいつも、この言葉で締めくくられている。

あなたの思うテレビドラマ、ホームドラマは？　との問いに年代により色々な声が上がるのは当たり前。以前10歳くらい年下のスタッフに聞いたところ、江口洋介主演「ひとつ屋根の下」と答え、自分としては衝撃的な驚きでありました。自分は、金八《きんぱち》先生第一期の生徒たちと同い年、近藤真彦さんや杉田かおるさん達の世代。

ホームドラマと言えばTBS久世光彦《くぜてるひこ》プロデューサーの「寺内貫太郎一家」で貫太郎役の小林亜星《あせい》さんが怒りだして大暴れ、西城秀樹さんが投げ飛ばされて骨折してしまうなどのドタバタ劇に大笑いし、沢田研二さんのポスターの前で樹木希林《ききりん》さん演じるおばあさんが「ジュリー」と叫んで身もだえしている仕草に大喜びしている少年でした。

母、姉そして妹がふたり、父は仕事で帰りが遅かったため五人で四本脚の家具調カラーテレビを見ておりました。このテレビですが、見栄っ張りな祖母に姉が悪知恵を働かせて電話をし「○○ちゃんの家にカラーテレビが来てた。いいなぁ」。その数日後にテレビが届いていたのは言うまでもありません。今でも覚えていますが最初に見た番組がアニメ「巨人の星」で、真っ赤な夕焼けをバックに伴宙太《ばんちゅうた》が滝のような涙を流し「星よ～」と叫んでおりました。

私の家族は信金勤めの父と母方の祖父母の計8人家族。堀田家に比べたら小規模ではありますが、周りの家や同級生の家と比べれば大家族。誰かしらが家にいるため、昼間、鍵を掛けたことのない家でした。このような環境で育った自分が「東京バンドワゴン」にのめりこむのは必然と言えるでしょう。

私は現在、「東京バンドワゴン」の文庫解説をされた先輩方と同じく書店に勤めさせていただいており、旭屋《あさひや》書店に丸30年以上お世話になっております。ただ、出版に関わりたい、本が好きだからなど、書籍に愛着や思い入れが深いなどはまるでありません。普通自動車の免許以外資格もなく大学は経営学部の私にとって、つぶしのきく仕事は何か。当時はバブル景気の終盤でまだ大量の求人があり、販売なら何とかなるだろうという根拠のない理由で、スーパーや専門店の求人を眺めておりました。なかでも書店はイメージもいいし楽そうだとバカげた考えで、新聞、求人雑誌「Ｂｉｎｇ」などを眺めておりました。

大学卒業後入社した会社を夜逃げのように退職し、まだオープン5年目くらいの東京ディズニーランドにて園内の清掃を行うカストーディアルとしてアルバイトをしていました。当時の時給は周囲に比べて高めの金額。人間関係も良好で楽しく働いておりましたが、大学まで通わせてくれた両親に対し「プータロー」のままでは申し訳なく、とにかく正社員になろう、次の職場では長く勤めようと仕事探しを本格化させます。運命の朝日新聞求人欄。旭屋書店との出会いがディズニーランドの休憩室に設置されていた新聞コーナー。それから30年あまりです。

そんな書店愛、本への思いのまるでない私が変わった時。それは異動により北海道札幌店に勤務していた時のことです。FM北海道の番組にて週イチで、書店員が店舗の売上ランキングを発表してお勧めの本を紹介し、DJを務めるMさんとそのおすすめ本についてて語り合うというコーナーがありました。札幌の書店が順番で担当することになっており、旭屋書店にも順番が回ってきました。担当するのは自分です。紹介するにあたり、どのような本か、お勧めするポイントはなど、とにかく本を読み込んでDJのMさんに面白かったと思ってもらう本を紹介しなければと奮闘しました。おすすめ本は事前にFM局の関係者が実費で購入してくれ、Mさんはもちろんスタッフも回し読みして放送に臨みます。つまらない、損をしたと思われたくないので、週3冊のペースで本を読んでおりました。ちなみに、このコーナーは次の書店さんにリレーするはずが、旭屋書店で定着し、自分がその後も担当を続けていくこととなります。

自分が気に入ったものでなければ勧められないとの気持ちが増していき、札幌を離れるまでの約半年間、この読書ペースを続けます。自宅での読書がなぜか苦手で、読書のために外出し、40過ぎのおっさんがマックやファミレスで読書。ある時は札幌と岩見沢、小樽などを車内での読書のためだけに列車に乗り往復しておりました。うるさくなく、「し〜ん」としている訳でもなく、微妙に揺れる振動が心地よく、読むスピードが速まりました。その紹介の際に出会ったのが『ホームタウン』という作品。北海道出身の小路幸也さんが執筆された札幌・旭川を舞台にしたミステリーとして放送で紹介したと思います。小路作品は語り口調で読みやすく、景観の表現が非常にわかりやすいため、頭の中に情景が直《す》ぐに浮かびます。札幌在住の頃は特に好んで読み漁《あさ》り、その後個人的に好きな作家さんとしてインプット。とにかく人気シリーズばかりで「東京バンドワゴン」はもちろん『札幌アンダーソング』「花咲小路」シリーズ、そして『国道食堂』。この『国道食堂』は、プロレスラーの棚橋弘至《たなはしひろし》選手の主演でテレビドラマ化されたらいいなと、内心期待しております。

「東京バンドワゴン」の舞台は東京下町となっていますが、具体的な地名は出ておりません。一歩入れば静かな住宅街。寺院が多いと表現されていて、解説の先輩で谷根千《やねせん》巡りをされていた方もいましたね。

自分は勝手に文京区の白山《はくさん》、本郷界隈《かいわい》ではないかと思っておりました。白山通りや本郷通りは主要幹線から少し入ると細い路地。白山神社をはじめ多くの寺院が点在し、団《だん》子坂《ござか》界隈も高層マンションと2階建ての民家が肩を並べており、地下鉄駅周辺の再開発地域と下町のままの地域の対比が現在の東京を印象付けている場所です。伝統・歴史と改良・近代化は対極にあるようで相容《あいい》れないものではないはず。すべてを画一化して統一してしまうのでなく、良いものはずうっと良いままでこれからも残していかなければならない。そういった文化財、天然記念物のようなものを体現した町がこの界隈であるように感じています。そして、「東京バンドワゴン」という小説のベースにある堀田家の環境、面々こそが、民族・風習博物館とも言えると思うのです。

登場人物相関図を毎回ご覧になられている方、初回のさっぱりとした家系図と比べ、徐々に広がる関係者にお気づきだと思います。結婚、誕生で血縁者が増加しているのはもちろんですが、友人、ご近所さん、店のお客さん、毎回起こる事件の関係者など増加の一途をたどります。そして今回は海外にも関係者が進出し、イギリスでの登場人物も加わりました。これからは巻頭の相関図は見開きでは足りず折りこみになる可能性が大ですね。

出版界の文化財「東京バンドワゴン」。

映画界での渥美清《あつみきよし》さん「フーテンの寅さん」。

テレビドラマでは純と蛍の「北の国から」。

国民みんなが応援する作品。喩《たと》えるなら卓球の福原愛さんや女優の芦田愛菜《あしだまな》さんのようにみんなで応援し、成長を楽しみにし、活躍を喜ぶ。皆が身内、子供や孫のような疑似体験でいつも動向を気にしている存在。サザエさんやちびまる子ちゃんとも少し似ていますが、「東京バンドワゴン」が違うところは、家族全体が季節を感じて年を重ねているところです。お亡くなりになる方や認知症を発症してしまう人もいて、悲しいことや辛《つら》いことも受け止めて生活しています。次男・青がすずみさんと結婚し長女を授かる。藍子の長女は小学生の時から医者を目指して、現在医学生。長男・紺の長男はミュージシャンの祖父・我南人の隔世遺伝で才能を受け継ぎ、バンドを組んで高校を卒業と同時にプロに。ひ孫のかんな、鈴花の二人も幼稚園を卒園し小学生に。

みんなが家族、親戚でいられる堀田家の物語「東京バンドワゴン」は年に一度の風物詩。今回の物語、第16弾は番外編。舞台は海外、しかも藍子・マードック夫妻が暮らすイギリスです。

紺・亜美夫妻の長男・研人はロックバンド〈TOKYO BANDWAGON〉を高校卒業の機に活動を本格化しており、オリジナルアルバム制作という目標のもと、曲作りも順調に進んでいます。祖父である伝説のロッカー我南人の友人である世界的ロックミュージシャン・キースより、イギリスのプライベートスタジオの使用を研人の卒業と結婚のお祝いにプレゼントしてもらい、アルバムレコーディングのために、メンバー3人とプロデューサー我南人の4人でロンドンに向かうことに。1ヵ月に及ぶ滞在先は、もちろんマードック家です。

研人たちが到着した翌日の朝、ニュー・スコットランドヤードの美術骨董盗難特捜班の警部補ロイドにマードックが参考人として連行されてしまいます。ミステリー風味の本作ですが、そこは「東京バンドワゴン」。事件に携わる人やその家族が苦境に立っても、力ずくで解決するLOVEが大炸裂《だいさくれつ》します。

いつものように大ばあちゃんのサチさんはあっと言う間にイギリスと東京を往復して、事件の現場を見届けています。

今回は、サチさんの姿、存在が分かってしまううえ、会話ができる警察事務官ジュンさんが登場し、今後の展開に広がりが期待できますね。またジュンさんのお父様が日本人で東京の下町に住んでいたとの伏線が仕掛けられています。

事件の詳細は是非本文でご確認願います。

しかし、今回も力技をじいちゃん我南人が仕掛けました。世界的なロックミュージシャン・キースが音楽を通じた親友だったための渡英ですが、我南人の行動が事件解決への糸口に繋《つな》がったことは間違いありません。

「東京バンドワゴン」の中心は堀田勘一大じいちゃんと思われがちですが、裏で行動を起こして解決に導いているのはいつも我南人じいちゃんです。また、その意を察したり指示に従ったりして紺・青の息子たちが実行部隊として動きます。そしてIT社長の藤島さんの力技もありますね。

伝説のロッカー我南人をフィクサーとしてまとまっている堀田家。ちゃぶ台で食事をとる13人に個性と役割を与えた小路さんに毎回感服しております。今後このちゃぶ台に何人増えるのかも興味が湧きますね。

とある事情により、資金稼ぎとして研人たち〈TOKYO BANDWAGON〉のメンバーがライブでイギリス各地を回るとの話がありましたが、もうワールドツアーも近いかもしれません。

そこでお願いです。是非とも世界の前に日本各地を回っていただきたいです。そしてやはり堀田家ですから事件が起きなければなりませんね。まずは札幌からスタート。藻《も》岩山《いわやま》あたりで事件が起きて、狸小路《たぬきこうじ》あたりで相談事があり、北海道大学キャンパス内で事件がLOVE解決。ファイターズが出て行ってしまった札幌ドームで〈TOKYO BANDWAGON〉がドームツアーをスタートさせて大入り満員……こんな風に諸国漫遊はいかがでしょうか。

研人の活躍は想像できますが、医大に通っている花陽ちゃんも医者の道に進み、研修医となり「Dr.コトー」のような物語が生まれたりして。今から想像するだけでワクワクしてきます。

ひとりひとりのキャラクターが際立って、物語を持っている登場人物の面々ですが、何かあれば全力でことに当たり、団結して解決に導いて、一緒にご飯を食べる。いつもの日常を積み重ねる堀田家を、ずうっと見守っていきたいと切に思います。

かんなちゃんや鈴花ちゃんのこれからの成長を想《おも》いながらお別れします。

（じょうさき・ともひろ　旭屋書店池袋店／書店員）

本書は、二〇二一年四月、書き下ろし単行本
として集英社より刊行されました。

小路幸也の本

東京バンドワゴン

東京下町で古書店を営む堀田家は、今は珍しき８人の大家族。一つ屋根の下、ひと癖もふた癖もある面々が、古本と共に持ち込まれる事件を家訓に従い解決する。大人気シリーズ第１弾！

集英社文庫

小路幸也の本

シー・ラブズ・ユー　東京バンドワゴン

笑いと涙が満載の大人気シリーズ第２弾！　赤ちゃん置き去り騒動、自分で売った本を１冊ずつ買い戻すおじいさん、幽霊を見る小学生などなど……。さて、今回も「万事解決」となるか？

小路幸也の本

オール・マイ・ラビング　東京バンドワゴン

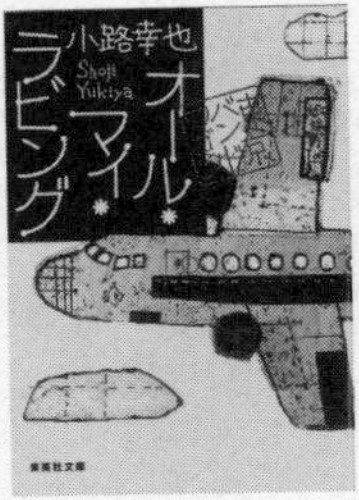

ページが増える百物語の和とじ本に、店の前に置き去りにされた捨て猫ならぬ猫の本。いつもふらふらとしている我南人にもある変化が……。ますます賑やかになった人気シリーズ第５弾！

集英社文庫

小路幸也の本

オブ・ラ・ディ オブ・ラ・ダ　東京バンドワゴン

堀田家に春がきた。勘一のひ孫たちも大きくなって、賑やかな毎日を送っている。そんなある日、一家にとって大切な人の体調が思わしくないことが分かり……。大人気シリーズ第６弾！

集英社文庫

集英社文庫

グッバイ・イエロー・ブリック・ロード 東京《とうきょう》バンドワゴン

2023年4月25日 第1刷 定価はカバーに表示してあります。

著 者 小路幸也《しょうじゆきや》

発行者 樋口尚也

発行所 株式会社 集英社

東京都千代田区一ツ橋2-5-10 〒101-8050

電話 【編集部】03-3230-6095

【読者係】03-3230-6080

【販売部】03-3230-6393(書店専用)

印 刷 凸版印刷株式会社

製 本 凸版印刷株式会社

フォーマットデザイン アリヤマデザインストア マークデザイン 居山浩二

ISBN978-4-08-744513-8 C0193